帰ってきたパードレ

✴

きりしたん物語

浅丘邦夫
Kunio Asaoka

文藝春秋企画出版部

帰ってきたパードレ

きりしたん物語

目次

長助と、はる

一

「おら、ここから逃げてえのさ」

くるりと寝返って、うめいている。はるは、又かと眉をひそめた。

「おら、人間らしく生きてえのさ。ただ、望みはそれだけなんだ。一生ここに縛りつけられていたくねえ」

長助は、女房のはるに愚痴を繰り返す。いつものことだった。

ここは小石川界隈の小日向《こひなた》町内、切支丹屋敷の堅固な石塀内の北側にある小さな家の中である。僅かな空き地をささやかな菜園としている。

「そりゃ、おいらは虫けらだろうさ。牢屋の奴婢さ。でも塀の外で息をして人間らしく、存分に生きてみてえ。出るなといわれりゃ、いっそ出たくなるのが人情じゃねえか。お役人のいい分は、お前たちは牢屋で生まれ、番屋を遊び場として育った。外の世界を知らぬ。逆にいうと、それだけ純粋無垢なんだとよ。だから、外で暮らすすべを知らぬ。食い物にされるだけだ。そうおっしゃる。そのあげく悪に落ちるのがせきの山とおっしゃる。外はそんなに悪人ばかりかね。たしかに、外の世界は、餓鬼の頃と、それから、ちょっとばかし使い走りに出たっきり、知らねえ。お役人の魂胆は、外に出たっきり帰ってこねえことを怖れて、つまり脱走を嫌がって、お前らは、一切外に出てはならねえ、という厳しいお達しに違いねえ。お奉行様のお気持ちか知らねえが、それがお前たちの為だと、外の世界は悪人ばらが多く、お前たちのような何も知らぬ人間は、悪に染まるのが落ちだと、ほんとかね。お前たちの身を慮《おもんぱか》ってとの、お情けだとよ、温情だとよ、ほんとかね。だが、この塀の内の毎日の繰り返し、もう、嫌なんだ。我慢ならねえ。息が詰まりそうなんだ。耐えられねえ。本当に我慢ならねえんだ。気が狂いそうなんだ。人として生まれきて、普通の暮らしも知らねえで、この世とおさらばするなんて、おかしいじゃないか。淋し過ぎるじゃないか。外の世界はめっぽう楽しそうだよ。先年の赤穂浪人衆と、吉良様家人との喧嘩大騒動だって、町ん中は、みんな愉しんで朝早くから、道に出て見物したそうじゃねえか。他人の喧嘩と火事は面白えというからな。でも、大石とかいう浪人衆の頭領がいったそうじゃねえか。たかが喧嘩に候とね。たかが喧嘩だとよ。だから騒がないで放っておいてくれ、そういい切るの偉えじゃないか。そして腹切った。みんな思う存分、自分の主張で生きて、自分の主張で死んでいるのさ。それに比べて……おらは、おら達は、このまま終わっちゃうのかね。それはねえよな」

寝床で、長助とはるは背中とお尻をぴったりくっつけお互いを確かめ合っている。はるは、長助の悲しみと体温を、ずきずきと受け止めている。体ごと噴き出るような、叫び出したいのをじっとこらえ黙っていた。はるは、はるなりに懸命に考えているのだ。ご公儀は、真面目に勤めている分には、生涯衣食を給してくださるという。それはそれで有難いことだ。しかし、もし、ここを逃げて出れば、一つ間違えば、暮らしはめちゃめちゃになって地獄に落ちかねない。ここが我慢のしどころか、それとも、長助の願いをかなえてやるか。長助は、学問は何も無いが、もともと頭の良くない人ではない。ちゃんとした生まれなら、ちゃんと世間で立派に暮らせる人間なのだ。世間に通用する筈の人なのだ。そう信じている。風采だって、ちゃんとした身なりすりゃ、ちゃんと立派に見えるんだ。生まれた場所が悪かっただけだ。普通に生まれて、学か、職が手についていれば立派にやっていける。それに性格がよい。正直だし。でも、外の世界は手弦や、生まれや家柄の世界というからと、いつも、思考はそこに止まり、堂々巡りしてしまう。

　長助も同じだ。

「とはいっても、手に職もねえ。稼ぐことができねえ。喰っていけねえ。外に出たいといっても御公儀は、決して、許してくれめえ。なら脱走しか方法はあるめえ」

苦しい沈黙が半刻ほど続いた。沈黙のなかで、はるは、はるなりに息を呑んで、いつになく、今度こそ真剣に考え込んでいた。今度こそ、悔いを残させてはならない。

　長助は、又寝返りを打った。はると向き合い、今度は、胸と胸がくっついた。はるは長助の背中にしっかり手を廻し、しがみつき、胸をぐいぐい押し付けた。長助の鼓動が伝わってくる。血の流れが、どくどくと伝わってくる。気が高ぶっているのか、苦しそうだった。相変わらず、小さくうめいては寝返りを繰り返している。我慢の限界にきているらしいことが、はるには、分かり過ぎるほど分かるのだ。長助の吐く息が、はるの顔いっぱいに広がった。

……可哀相な長助。それなら、それほど苦しいのなら、いっそ、この人の思うようにさせてあげよう。今まで、この人の願いを押し留めてきたのはうちだ。でも、このまま生きていても、長助は悔やむばかりだろう。苦しむだけだ。うちは間違っていたのか、うちが、逆に唆《けしか》けたなら……

「それほどあんたがいうのなら、望むのなら、もういいよ。止めやしないよ、お前さん、思いきって逃げよう」

すると、長助、

「寿庵様の教えに反するのかなあ」

寿庵様といいかけて、二人は、ぎょっと顔を見合わせ、青ざめた。

「いけねえのかなあ。寿庵様が生きておられたら、何とおっしゃるのかなあ」

しばらく沈黙が続いた。

「逃げるか、でもさ、でも」

今度は、長助のためらう番だった。しかし、はるは、意を決していた。きっぱりと、

「もういい、お前さん。もう何も考えないで。もう考えるのは止そうよ。長助、あんたの思うようにやって頂戴、うちは何処までも、あんたについていくからさ、うちは、もう止めないか

ら。お前さん、これだけ思いつめたのだから。もういいよ、人の世に悔いを残しちゃいけないよ。乞食してもいいじゃないか。その気になれば、なんとかなるよ」

乞食になってもいい。あんたについていくよ。はるのこの言葉に、長助の胸が熱くなった。乞食なんかさせないよ。大丈夫、させるものか。

二人は、この切支丹屋敷の座敷牢の下僕である。庭掃除や賄いもするし、要するに奴婢だった。今、牢に囚人は誰も居ない。転びキリシタンという寿庵なる者が居て、二人は、その間、僕《しもべ》となって世話をしていたが、少し前に身罷《みまか》った。

寿庵は、明の広東の生まれといった。日本語は話せるが、殆ど口をきかない。二、三十年も前に、十人ほどと共に吟味に長崎から送られてきた人だ。若く入牢したが、六十代半ばでこの屋敷で亡くなった。やや猫背で、いつも俯き加減で、ぼそぼそと話すお人だ。

さて、長助は、母親が小伝馬町牢屋の囚人で、捕らわれたとき既に身ごもっていた。長助は囚獄で生まれ育った。番屋が遊び場で、素直だったし、役人は退屈紛れに、可愛がってくれた。その内、別の囚獄に同じような境遇の少女はるがいたのを幸便に公儀は、二人を娶わせ、この切支丹屋敷の敷地内に小さな家を与えて住まわせた。名付け親も、それぞれ牢役人だった。役人は、

「お前たちは、この屋敷の外に出てはならない。それがお前たちのためなのだ」

といった。二人は、生まれてから、石塀の外の世界を殆ど知らない。屋敷の外に出れば朱に染まるように、悪に染まるというのである。帰ってこれまい。外は、悪人どもがうろうろしている。かもにされるだろう。身請けする御仁もあるまい。これが、奉行の仰せであるというのである。その実は、この塀の中の情報が洩れるのを怖れてのことだと長助は知っている。

二

長助とはる、二人の間に、こんな会話のやりとりがあってから三年経つ。宝永六年（一七〇九）、江戸では、木枯らしの音が、空を切り裂くように悲鳴をあげて駆け抜けていた。

十一月、異人を乗せた目籠（目隠しの籠）が、切支丹屋敷の門を潜った。目籠としたのは、異人に道筋を見せぬ要心でもある。異人は、長崎の牢舎に入る前から、既に膝関節炎を患っていたのだが、病は一層悪化するばかりだった。長崎から、遥々、奉行所の三十余人の役人の警護に包まれてきた。天狗のよう大男が、左右から体を支えられ、よろめくように目籠からにじり出た。狭い籠は、とりわけ苦痛に違いなかった。

小日向町の蛙坂という、くねった坂を下った一帯は湿地帯で、季節になると蛙がなんとも騒がしく、合戦しているようだという。

蛙坂を上った台地にある切支丹屋敷は、幕府宗門改め役、井上筑後守政重の下屋敷だった所だ。筑後守は世襲だ。時にキリシタン吟味の場所となり、幕府のいう「正に帰したる者を留め置く」

座敷牢とされた。正に帰したとは、転んだという意味である。

南北四十六間、東西三十二間、高さ一間半の石垣で、外部と遮蔽、堅固に囲われ、内を覗うすべもない。座敷牢が二棟、これを取り囲んで侍達の建家が二棟、ほかに番屋、足軽の詰め所などが建ち並ぶ。

異人の長崎での待遇は悪くなかった。二十両五人扶持、朝夕二汁五菜が与えられた。かつての邪宗門徒は家畜以下の取り扱いだったから、破格の待遇といってよい。

太平の世である。島原の切支丹一揆から七十年経ち、キリシタン邪宗門徒に対する世人の恐怖の記憶が風化し始めていた。


目籠が、門を潜り、天狗のような大男がにじり出ると、夫婦者が走り出て一行を出迎えた。

「おら、長助といいます。これは女房の、はる、でございます」

はるは、小柄で丸顔の、性格の良さそうな女だ。

「ご用は、何なりといいつけてください」

天狗は、深くお辞儀した。

「ジュアン、シドッチといいます」

ヨワン、シロウテと聞こえた。片言の日本語は、故国とルソンと長崎で学んだという。

「お脚を洗いましょう」

床机に腰掛けさせて、長助が手桶に湯を運び、水で少しゆるめ、長途の天狗の脚を暖め、はるが丁寧に洗った。

客人の脚を洗って、もてなすのはキリシタンの作法である。天狗は、この夫婦者をじっと観察していた。長助は実直そうだし、女房のはるは、顔立ちもよく、若い頃、美しかったに違いない。間もなく、白石こと新井勘解由《かげゆ》という、公儀の偉い学者が詮議する事になっているという。

長助は屋敷の中央の井戸まで、毎度、手桶を提げて水を汲みに行く。天狗は、いつも遠くから水を運ぶ長助に不審を持った。

「この大きな屋敷に、井戸が、たった一つですか」

井戸と問われて長助はためらった。暗い怖ろしい秘密がある。しかし、いずれすぐ分かる事だ。

「吊るし場のあること、ご存知でしょうか」

いいかけて、又、いいよどんだ。

「いや」

長助は余計な事を喋りかけたことを、悔やんで、曖昧に口を閉ざした。しかし、別の日、長助は、役人の目を盗んで、そっと天狗に話しかけた。

「この屋敷には、実は深井戸が二ケ所あります。でも、一つには、お奉行の井上筑後守様が、吊るし場に造作されましたゆえ、使えません」

「吊るし場？」

「申してよいかどうか、分かりませんが、怖ろしい拷問場で」

ヘイトロ・キベという、日本人のパードレと二人の同宿の三人を一つにぐるぐる巻きに束ねて、一つ穴に吊り下げたことがある。二人の同宿は、ヘイトロをコロシタと申し出て、転んだという。何故コロシタのか、どのような方法でコロシタのか、それは穴の中の出来事で真実は一切分からない。長助は、なんとなく聞き知っていることを天狗に陰気に語った。暗い事件だ。


ここでも長崎の牢と同じく、天狗は、二十両五人扶持、毎日朝夕二汁五菜が与えられることになった。

屋敷内は、毎朝、長助夫婦が掃き清め、樹木もそこそこ手入れする。食事の用意も、夫婦の大事な仕事だった。

薄暗い二十畳程の広間が、更に厚い板で三つに仕切られていて、その一つが天狗の居場所に充てられた。

頑丈な、鉄鋲を打った木格子が出入り口を塞いでいた。尤も、屋敷全体で、このとき入牢者は天狗ひとりだった。朝夕、庭に出ることが許された。その時、天狗は、幾度も深く呼吸する。北風が常に松樹の枝を渡り、木洩れ陽があった。

交替で見張りが付き、夜は不寝番《ねずばん》がついた。バテレンには魔法の術ありと、ここでも疑う者がいた。夜陰に紛れて消え失せたとあっては、お奉行井上様の重大な落ち度となる。

背に担いでいた褐色の大きな布袋の中身は——

縦一尺、横八寸五分のサンタマリア像の鏡、銅のキリシト本尊、ロザリオ、丸薬、鼻眼鏡、印鑑、香料、鋏、紙入れ、日本刀、台付き銀製のぶどう酒用の猪口、書物は全部で十六冊である。内、六冊は聖書、ほかラテン語・日本語辞典、日本の風俗、風物の書など各一冊ずつ。ほかに大金を所持していた。金の延板九拾八匁一枚、四角い金の三匁から四匁ぐらいを百八十一枚、金粒二匁ぐらいを百六十個ほか、ルソンで手に入れたという日本の慶長銭などである。必要な物以外は、奉行所預かりとした。

かねて、長助とはるは、役人達から、くどくどしく申し渡されていた事がある。

「入牢者と、余計な話をしてはならぬ」

加えて、

「その方らは牢舎で生まれ、牢舎で育った。その生まれや育ちを考えるとき、屋敷の外に出すのは、何かと不都合があろうと、奉行は申される。加えて、寿庵なるキリシタンに、日夜接してきた。寿庵は正に帰った者とはいえ、心底は判らぬ。その戒めを日頃何かと聞き、あるいは感化があるかも知れぬ。これらの故に、生涯、この屋敷から出られぬのが身の定めと思うがよい。その方らが悪に誘われ、染まるのを、未然に防ぐ深慮あってのこと故、有り難く、神妙に従うがよい」

温情を被せた、奇妙な理屈だった。


このところ、粉雪や霰がしきりに宙に舞う。長助夫婦は、この異人を密かに天狗殿と呼んだ。長助夫婦は、ともに人懐っこい性格らしく、役人の目を気にしながらも、割合大胆で、さりげなく天狗に接近して、短く話しかけてくる。長助が問う、

「あなた様は天主教のパードレと伺っておりますが、さようでごぜえますか」

「はい。主イエス・キリシトの御言葉や、行いを伝える僕《しもべ》です」

「では、お伺いしてよろしいか。天主教でいう霊魂とはどのようなものですか。肉体が滅してのち霊魂は、いずこにあるのですか」

はるも真剣な眼差しである。天狗は十字を切って、

「霊魂は、風、に例えられます。私の国の言葉では、霊魂と風は同じ言葉で表現します。霊魂は風に似て、手に触れることはできませんが、確かに実在致します。風のように、どこからか来て、どこかへ去って行きますが、いつか、主のみ手に触れると、主の息吹で骨に吹き込まれ、肉体とともに蘇ります」

ゆっくりと、誤解の無いよう反復する。哀しげな、深くくぼんだ目を相手に当てる。長助は、「以前、自分どもが、僕としてお世話しておりました寿庵様も同じことを申されました。しかし、

実のところ自分達にはよく分からないのです」

「ジュアン様、誰のことですか」

「寿庵様は、この座敷牢で、先年亡くなられました。とても物静かな方です」

率直な質問に、天狗は、快い興奮を覚えている。天狗は訊ねてみたくなった。

「異教徒の方々は、死ねば、すべて無となり空となると申されましょう」

長助は、無言である。やがて話題を一転させる。

「御用は、何なりといいつけてくだせえ。しかし、おれらは、この屋敷の外へ出る事を、一切許されておりませんので、外向きの用事は御免こうむります」

「はて、屋敷の外へ出ることが許されないと？　何故でしょう。あなた方は罪人ですか」

「いえ、何の罪も犯しておりませぬ。親は確かに罪人でした。おらと、はるは、共に罪人の子です」

「子が親の罪を背負うのですか。それがしきたりですか」

「いや、そうではありませんが、牢内で育った者ゆえ、牢の外へ出てはならぬと」

「理不尽なことです。差し支えなければ、あなた方自身のことを、話してください」

長助は、深い嘆息とともに語る。

「おらは、小伝馬の獄舎で生れました。父は判らず、母の顔も知りません。牢屋内で私を生み落とし、しばらくして世を去ったそうです。罪状は知りませぬ。知りたくもありませぬ。女房のはるも、牢屋内で生を受け、よく似た育ちの者です。おら達は、身寄りもなく、獄舎の番屋で養育され、番屋を遊び場として育ちました。すこし大きくなると、当然のように、牢役人の方々の使い走りや、下働きの仕事をしておりました。あるとき、はると夫婦とならぬかと、ご公儀から、お勧めがあり、夫婦となり、この屋敷の中に家が与えられ、この屋敷の下僕となったのでごぜえます。長助の名も、はるの名も、牢のお役人が名付け親ですんで」

「二人は、子供の頃から、見知った間柄でしたか」

「いえ、牢の番屋といっても、それぞれ別なので、まったく知らねえです」

「夫婦仲は」

「はい、申し分なく。ですから、ご公儀には恩がございますんで」

「外の世界へ出てみたい、翼を広げて、自由に生きていきたいと思いませぬか」

長助は、即座に答える。

「いえ、ありませぬ。いや、外へ出たいと、思わぬでもありませぬ。しかし、塀の外へ出てはならぬと、幼いときから厳しく躾けられて育ちました。お役人は、ここで牢番として真面目に働いておれば、生涯、衣食を給されよう。平安な老を送ることもできよう。と申されます。外で生きようなどと、余計なことを考えないがよかろう。今更、外の世界で生きようとしても、無理だろうと。世間は、油断ならぬ悪人ばらが多く、その方達のような世間を全く知らぬ人間は、やつらの餌食となるだけだろう、と」

純朴な夫婦であり、ある程度信用されているのだろう。腰が軽く、役人にとって便利使いできる存在に違いない。

「私がこの屋敷に来た日、手ずから脚を洗ってくださいました。この国でも、そのような習慣があるのですか」

「いえ、寿庵様から教わりました。客人をもてなす大事な心得だと、キリシトもそうされたと」

「寿庵と申す方はどのような?」

「黒川寿庵と申されます。明国の広東の人とか、おれらの生まれるずっと昔、ルソンから十人程で、潜入して捕まり、此処に幽閉されたとか。おら達は、寿庵様の僕として、お世話しておりました」

「おお、その方々なら、ルソンで聞いておりました。古い話ですがペエドロ・マルケス様の一行十人でしょう。この国に潜入して、消息不明のままとか。ルソンで皆、今なお気遣っておりましたが、やはり此処で」

天狗は絶句した。

「ここで、皆次々と亡くなり、寿庵様一人、随分と長寿なされ、老をここで送られました。日本の言葉も話されます。キリシタン、いやパードレだったと聞きます」

「だった、と?」

「ご公儀の話では、異国の神を棄て、正に帰したと」

「神を棄てたと？　正に帰したと？　寿庵様自身がそういったのですか」

「いえ、寿庵様自身は何もいいませぬ。お役人の話です」

「それで、なお、生を終えられるまで、ここで過ごされたのですか」

「人の心の奥深いことは、誰も窺い知れぬ。心底では、なお異国の神を敬い、解き放つと、それとなく教えを広めるやも知れぬと、ご公儀は何を怖れてのことでしょうか」

「もしや、あなた方は、寿庵様から、主キリシトの、御業《みわざ》を聴聞していたのではありませんか」

「いえ、決して。寿庵様は物静かな方ゆえ、言葉少なく、にこやかで、いつも瞑想に耽っておられました。聴聞など滅相もない。もしそうならば、おれらともどもお咎めを受けたに違いねえ」

長助は、不自然なほど狼狽し、逃げるようにその場を去った。

しかし、数日たって、長助とはるが表情を硬くしてやってきた。

その日、日差しが長く、梢が庭上に陰を落とし、微風がそよいでいる。

「お許しください。偽りをいっておりました」

と、いきなり土下座し頭を垂れた。長助がいう。

「告白します。自分達は、実は、寿庵様から、キリシトの教えを毎週、聴聞しておりやした。七日ごとのミサが、楽しみで待ちわびる思いでした。密かに講話を聴くのが、生き甲斐でした。

聴聞できない時は、何か忘れ物があったように、落ち着かない気持ちでした。寿庵様を通して聴く主の行いと言葉は、まことに有り難く、日々の糧と信じておりました。涙のこぼれる思いのお話でした」

はるが続ける。

「主の戒めを知らず、欲望のまま生きるのは、禽獣に等しいと。人は、十戒を守って初めて人となるのだと」

長助は、ためらいながら、その着物の肩袖をそっとずらし、肌を見せた。引き攣れた火傷のような跡がある。よく見ると肩に焼き判があり、吉利という二文字が刻まれ縮れてある。

「おお、それは、キリシタンの文字」

「そうですとも」

長助は肯く。

「この焼き判は、こ奴は、切支丹屋敷の牢番なり。寿庵の奴婢なり。どこへも逃げられぬとの目印です。この者を見つけたら、直ちに公儀に届けよとの、目印に違いねえ」

「では、ここから逃げたことがあったのですね」

「ご公儀にはご恩があります。おれらを娶わせ、ここで牢番を勤めれば、老後も、家と衣食を与えくださると申されます。しかし、突然、堪えられない気持ちになりやした。何年も前のことですが、おれらは、逃亡しやした。しかし、外の世界の事情を全く知りません。ただ一人の頼りに思っていた人にも迷惑がられ、生きるすべを知らず、結局、自らここへ舞い戻ってきました。この焼き判は、その罰として鏝《こて》で焼かれました。逃亡への悪しき心は、これで未然に防げるだろうと。お前達は、生まれた時から、生涯ここで暮らすと思い定めよと、申されました。お前達のような無垢な者は、外で暮らせない。ここで生を送るのは、ご公儀のお慈悲でもあるのだ、と」

「焼き判は、手かせ、足かせに優る恐ろしい呪縛ではありませんか」

「いえ、密かに誇りに思っておりますよ」

長助とはるは、微笑する。

「おれらは、ご法度のキリシタンです。大きな声ではいえませんが」

声を落とし、はっきりいった。さらにいい淀みながら、

「体に、焼き印の標《しるし》があるのですから」

はるがいう。

「水垢離《みずごり》を受けようといい出したのはうちです。長助は、大分躊躇《ためら》った後、賛成してくれました。うちらは、この牢舎内で、寿庵様から受洗しました」

はるは大胆だった。キリシタンを取り締まる宗門奉行所の膝元の牢舎が、実はキリシト教会だったと、驚くべきことを告白したのである。長助が、言葉を続ける。

「うちらは、主の十戒を聴き、心の目が開く思いがしました。デウスの御言葉に接しなければ、禽獣のように欲望の赴くままに生き、どのようなことになっていたことやら」

長助とはるは、この上なく幸せそうに、顔を見合わせ微笑んでいる。きっと幸せなのだ、天狗の胸が熱くなった。

「寿庵様も、霊魂は、風のようなものだと、常々申されていました」

三

その年の暮れ、天狗は、切支丹屋敷で新井勘解由《かげゆ》こと白石と対面する。

庭に面した板敷きに、本通辞を傍に、稽古通辞が左右にそれぞれ一名、座敷に奉行所役人、中央、少し奥に新井白石が坐した。

白石は、徳川幕府二百六十年を通じて最高の知性というべき人物であろう。儒者なるが故に、その精神は、忠孝を旨とし、心は常に中庸を保とうとする。

庭上に、天狗の脚腰を慮って椅子が与えられた。屋敷は高い石垣に囲まれていたが、いつも、石垣を越え、北風が迷い込んでいた。梢が大きく揺れている。

膝の関節炎は、一向に良くならなかった。起立のときずきずき痛み、難渋していて、役人が左右から支えた。

「無理せずともよい。坐るがよい」

額に十字を描き、一礼して座す。両者の間隔は、一間半ほどである。

天狗は、小事にも気配りがあり、誰かが所用に立ち、その戻る度にも膝の痛みを堪え、起立して拝礼した。

「名と生国を申せ」

「ジュアン・バッチスタ・シドッチ。イタリア国、シシリー島に生まれ、幼少のときより法について学び、長じてローマにて十六人の師について学び、この度、多くから選ばれて、国命により日本に上陸しました」

「この国に来た道筋を話せ」

「ルソンより種子島に、単身、上陸しました。その翌朝捕えられ、長崎の牢で一年経ちました」

訊問は、通辞を介しラテン語で、時に日本語を交えて行われる。

天狗は、自分の述べるところを、誤り伝わることのないよう、しばしば反復する。


白石は核心から糾す。

「長崎を嫌い、薩摩より直ちに江戸を望んだというが、そのわけを申せ」

「江戸を望んだのは、国禁の状況を知り、為政の方にわが国命を伝えんが為です。長崎にはオランダ人が大勢おります。オランダ人はわが敵国人なれば、わが志は妨害されましょう」

「国命の使者というならば、まず国王親書を呈し、信を述ぶべきであろう。親書も携えず来りて使者というを、何をもって信ぜよというか。しかも、日本人の身なりを装い、日本語を学んで来たのは、国禁を犯し、その宗を広めんが為であろう。しかも窮したれば国の使者なりという。信ずべからず」

　天狗は、懸命に反論する。

「百六十年前から、日本に来りしわが先師、あるいは殺され、あるいは追放され、一人として国命を達せし者ありませぬ。この故に、志を立て選ばれて、万里を旅して、単身にてこの国に参りました。又、その国に入りては、まず国禁につき問うのが礼でございましょう。もしも、わが訴えにより、国禁を解く恩裁の議あらんには、改めて親書を奉じて参りたいと思います。この前段なく、いきなり国書を奉じ、禁を犯し国に入りて捕われ、国命を辱かしめることなどできましょうか。また、日本人の身なりとしたのは、異国の風体では、日本人が笑い申すと存じ」

　白石は、緊迫感をもって吟味を進める。白石の訊問は、天狗の上陸の真の目的を追求することにあるが、吟味がひと通り終わると、政治、軍事、天文、地理、歴史と多方面に西洋事情を学ぶ姿勢に転じる。

　十二月、日が傾く。板敷きの役人や通辞らも寒さに身震いする。

　天狗の肉体を覆うは、薩摩藩の支給した紬《つむぎ》の袷《あわせ》と、白の木綿肌着のみである。役人が気を利かして、厚い綿入羽織りを持ってきた。

「羽織るがよい」

「その心遣いは、無用に願います。上陸以来、既に多くの方々から、身に余るご親切を頂戴しております。この上、わが法を受け入れられぬ国から、ご親切を受けるわけに参りませぬ。又、夜には、多くの人々が、交替で不寝番なされておりまするが、国命にて参りました手前、何ゆえ逃亡など致しましょうか。この顔、この風体なれば、仮に逃亡したとてすぐ捕まりましょう。夜は、私に手鎖り足鎖りをお嵌めいただき、気遣うことなく、皆様は、ゆるゆるお休みくださいますように」

これを聞くや、白石は叱咤した。

「見かけによらぬ偽りのある者かな」

天狗は、さっと顔色を変えた。

「偽り者と申される以上の恥辱はありませぬ、私は事の分別ができるようになってこの方、偽りなど申したことございませぬ」

白石は、厳しく、

「では、申そう。まず、嘘を申したことなどないと申すことこそ大嘘というものであろう。ここにいる人々が、年の暮れ、寒風に汝を守るため世話するのを、これ以上の親切は無用と申すのだな」

「左様でございます」

「汝が、寒風に曝されるのを人々が按じ、夜は、眠らず汝を守るは、万一のことあらば、奉行に迷惑かかるを畏れる為である。人々が奉行を大切に思うが故である。汝が法の心は、先にその方が申したように、人の命を大切にせよ。隣人を愛せよと、いうのではなかったのか。人々が汝を守るは、人の命を重んずるが為なり。大切に想うが為なり。この、人々の憂い思える心を無用というならば、汝は彼等の心配や憂いを顧みないということであろう。これでは、先に申したことと矛盾するではないか。前に申したことが、真ならば、後から申したことは偽りとなろう。あとから申すことが真ならば、前に申したことは偽りとなろう。さあ、いずれが真実か、いずれが偽りか。この理の矛盾を申し開いてみよ」

これまで、訥弁ながら、何事によらず応じられぬことなく、主張を曲げることのなかった天狗は、このとき、ついに絶句した。己の非を悟る。起立し、一同に非礼を率直に詫びた。役人の差し出す綿入着を受け取り、深く一礼して羽織った。


「その方の父母兄弟は、いかにおわすか」

「母と兄はシシリー島、パレルモにおります。父は死してその時に十一歳、兄弟四人のうち、二人は幼少にして死し、老いた母と、病弱の兄を残し、国を出て、この日本に渡りました」

白石は、幼少から仁、義、礼、智、信を教わり、長じて人にも伝えてきた。君に忠、親に孝を旨とし、その中心の精神は「仁」である。

「国に残した年老いた母者、病弱の兄者は、その方をいかに思うであろうか」

見るみる天狗の目が潤んだ。しばし暗澹として、

「選ばれて国を出るとき、母、兄弟も、法の為、国の為と悦び合ってくれました。男子、国命により、国を出て万里の波濤を行くとき、わが一身などを顧みることなどありましょうか。さらにその国の禁を破りましたる上は、生命を奪われるとも悔いることはありませぬ。生還期し難し、と覚悟定めておりまする。されど、国に残した母、兄を思うとき、心が痛みます」

日本の武士道と聊《いささ》かも変わらない。


さる大名が、天狗を試す為、かなり意地悪い質問を十数問白石に託していた。
一、南斗は、日本を何程離れて見え申し候か。
一、北斗は、日本を何千里離れて見え申し候か。
一、大洋上、荒海にて大魚獣、その他異形のものもこれあり候か。等々。
天狗は即答は避けた。やがて庭の砂上に図を描き、指をコンパスとし慎重に計算し答える。
一、南斗は、日本より四十度ほど南へ進みますと、見えて参ります。
一、北斗は、日本より四十度ほど南へ参りますと、見えなくなると思います。
一、大洋上、荒海にて鯨様の大魚、又はオットセイなど、成獣の形のものもございます。

博覧強記、特に地理天文に至っては、人間業とも思えない。と、白石は驚嘆する。

白石は、利害の反するオランダ人船長を江戸に呼び寄せた。

「かのイタリア人をいかに思うか」

船長は、首をかしげる。

「国命で、単身、国交のない他国へ、法の恩裁を願うため遣わすなど、わがプロテスタント教国では考えられないことですな。もしや、かの者は、死に値する大罪を犯し、その贖罪の為、死に代えて自ら求めて、遣わされたのでありませぬかな」

オランダは、幕府が禁令を解かぬ限り、交易の利を独占できる。利害の反する天狗の主張に疑義を挟んだ。そこで、オランダ人船長の意見は意見として聞き置き、

「自分の意見はさにあらず」

といった。その理由として、天狗が、金銀を多く持参していることに注目していた。更に必要に応じ、マニラに書簡を届けさえすれば、資金の補充は、いくらでも可能なりと述べていた。これは、重大な国命を帯びている証拠であろうと。

天狗は、白石の、人物の傑出しているのを知って、世界でも五百年に一度現れるほどの偉人なり、といった。

日本からローマへの道筋を白石が問うたとき、口をつぐんだ。

「もし、この人を将として、日本がイタリアへ攻め入ったならば、わがイタリアは、忽ち敗れるだろう」

と、本気で考えたのである。

西洋事情、天文、地理、政治、軍事、民族と広範囲に質疑応答が繰り広げられる。天狗の応答は、精緻を極め、情熱が加わり、正に光彩陸離たるものがあった。

宗教観による史観については、丸一日を費やした。

「人は、その教えにより人となります。その教えがなければ、野獣に等しい。この日本に来る途中、多くの国々の民、十戒を知らず。欲望の赴くままに生きております」

人は、その教えにより人となる、というは儒者とて同じである。

宗論となると、真っ向から対立した。白石はいう。

「デウスが天地を創造したというが、そのデウスは誰が創造したのか」

「デウスがすべての始まりであり、デウスを創造した者などありませぬ」

これは、金槌論（水掛け論）なりと白石はいう。

「天主教の法の心を申してみよ」

「amour」

愛、神に対する知的な愛、人間愛などを透明に表現し伝えることは難しい。古来、日本語の

「愛」の意味は、第一義に仏教語であり、色欲、執念、妄念などの、どろどろした色彩感が濃厚だった。

本通辞には、この言葉を正確に訳せない。(神を大切に想う心、人を大切に想う心)とでも、訳しただろうか。


「死してなお霊魂は不滅というが、申してみよ」

「霊魂はanimaと申します。微風、風、空気、呼吸も同じ言葉のanimaで表現します。霊魂は、風に例えて主は申されます。風はどこからかきてどこかへ去る。霊魂も又、同じだと。よみがえりは、主なる神の大いなる御業《みわざ》です」

訊問は、この年、数回にわたり、朝十時ごろから日没に及ぶ。

訊問というよりは、彼等は、相論じ相駁し、語り合った。

ときに師となり弟《てい》となった。ときに遠来の友であり、ときに同志であった。ときに白刃を交えるがごとき論陣を張った。宇宙を語り、真理について語った。古代、現代、未来を語り、世界を駆け巡り、更には親兄弟に思いを馳せ、人生を語った。この年、数回にわたる白石との対面は、天狗にとって、生涯の至福の時間ではなかったか。

二人の対話は、この年(宝永六年)で終わる。この後、両者が見《まみ》える機会はない。

白石は、屋敷に戻ると、深更まで「ロウマ人処置献議」の草案を練った。

……家光公ご末年に及びて、彼らには杖突かせよと仰せられたり。杖突かせよとは、転ぶに及ばず、誅せよとの御事なり。その輩が転ぶ事をゆるさず、皆ことごとく誅せられる。前後およそ二、三十万人、しかれば、今、家光公ご末年の例によらば、この度の異人をば、その罪のありやなしやを問わずして誅すべし。これを御裁断あらむこと、易くして易しといえども……

……かの国の師といえども、転びしを助けおかれ、転ばざるをば、およそ百余人誅せられたり。助け置かれし者は僅か五人とか聞き及ぶ。しかれども、かの国の人来ること、猶やまず、わが国人、かの法を受くる者、猶やまざれば、彼等には杖を突かせよと仰せられたり……。

白石は、条理を尽くし、天狗を救出せんと願う。

……かれ、その国の主と、その法の師との命を受けて、身を捨て、命を顧みず、六十余歳の老母、ならびに、病身の兄に生き別れて、万里の外に使いとして六年がうち険阻《けんそ》艱難《かんなん》を経てここに来れること、その志のごときは、尤も憐れむべし。……臣、かれがその志の堅きありさまを見るに、かれが為に心動かさざる事あたわず。しかるをわが国法を守りて、これを誅せられんことは、その罪にあらざるに似て、古先聖王の道に遠かるべし。臣、密かに思うところは、これを誅せんこと易くて易けれども、下策に出づ、又かれを助けて囚えおかれんこと、その志の堅きをみるに、すみやかに首を刎ねらるるとも、その志の変ずべきとも見えず。……われ祖宗の法は天地と改るべからずして、当代仁恩の広く、聖度の大きなることを知らしむべし。……もし、臣がいわゆる上策を取られて、彼を帰されんには、すみやかなるに如くべからず。

……来春か夏、長崎に来る広東の船にも乗せ、帰さるべきかと……。

白石は、その著「折りたく柴の記」に見られるように、孝心つとに厚い。老いた母を、シシリー島に残した心を憐れんだ。国法に拘って天狗を誅したならば、聖王の道に遠ざかるのみと、理を説き、情に訴え、本国送還を説きに説く。ただし、天主教の国禁を継続するのは、あながち過防にあらずとした。

……かの国の人、その法を諸国にひろめ候こと、国を奪い候謀略にてはこれなく、段々に分明に候といえども、その法盛んになり候えば、おのずからその国に反逆の臣子でき候ことは、また必然の理勢にて候か……

白石は、書きすすむにつれ、心の高ぶりを感じている。

かの蛮夷のいう「愛」と、わが奉ずる「仁」のどこが違うのか。

遂に、天主教は邪教にあらず、と断じた。わが国風に、今は馴染まないだけであると。これは百年余の国禁の論拠を真っ向から覆すことになる。但し、この文書は、新井家の奥深く蔵し、門外不出とした。

次を、将軍家宣に上申した。

……かれを本国に返さるる事は上策なり。この事は難きに似て、易きか。彼を囚として助け置かる事は中策なり。この事は易きに似て、もっとも難し。彼を誅せられる事は下策なり。

この事は易くして、易かるべし……

四

長助とはるは、毎朝、座敷や周辺の掃除にやって来る。

天狗は、ご本尊キリシトの絵と、マリヤ観音の絵を大事そうに壁に貼りつけ、朝昼夕の三度、拝している。又、十字を額に呪いのごとく額に描く。ある日、はるは手を休めて、そっと天狗に問うた。

「ひとり、毎日、何を愁うておられますか」

「何というほどのことは考えておりませぬ。時に、風の声が聞こえますので、風はどこからくるのかと、気を取られております」

「はて風が？　窓はこの建物では、あの高いところに一つだけ、風の吹き込む窓は、どこにもありませんよ」

「でも、いつも、吹いてきます」

「お気のせいではありませんか。故郷は、奥南蛮の小さき島とお聞きしましたが」

「はい、地中海という名の海に浮かぶシシリーという島です」

「美しい島ですか」

「こよなく美しく平和な島です。海からの柔らかい風が常にそよぎ、見渡す限り、草花がしとねのように広がり、多くの種類の小鳥が囀り、オリーブの木が緑の蔭を与えてくれます。丘陵が幾重に重なり、ゆるやかな斜面は牧草地となり、牛や羊が群れをなし……」

「お身の上のこと、お尋ねして宜しいでしょうか」

「なんなりと」

「天主教のパードレ様は、皆、独り身でおられるとか、不思議で仕方ありません。なぜでございましょうか」

「妻帯致さぬは、単に慣わしにございます。主、キリシトに倣ってのことです」

「この国でも、親鸞様はあえて妻帯なされました。女人を思わぬ男子がいるとは思えません。あなた様は、国を出られる前、恋する方がおられましたか」

はるが、しきりに尋ねるので、長助は掃除の手を休めず、じっと聞いている。

天狗は困った風情をした。

「嘘を申されては、許しませんよ」

はるは、食い下がった。

嘘という言葉に、天狗の心臓は、激しく鼓動した。白石との論争と叱咤を思い起こしたからだ。

天狗は、自身にいい聞かせるごとく率直に告白する。

「小さき想い出のみございます。しかし、その想いも、シシリーを出た十七歳の時に終わりました。その方は十六歳でございました。しかし、私は将来に、僧職を望みましてございます。想いは絶たねばなりませぬ」

「想いを絶つと？　何という、情けないことを申されますか、想いは、心の主人を置き去りにしても、ひとり歩きするものでございましょう。どうして、想いを絶つことなど、人にできましょうか。美しき方でしたか」

「もう、その話はお許しください。風のように、遥か彼方に過ぎ去ったことですから」

はるは執拗である。

「忘れようとすればするほど、さぞ、拷問のように苦しいことでございましょう、人として不自然な淋しい事ではありませんか。心は、その主人を置き去りにしても、自由勝手に一人歩き致しますよ」

天狗は困った表情をした。

「……」

「ほほ、純な」

はるは、してやったりと、ほほ笑む。

「お可哀そうに、その女人は、今、どのような境遇に……。あなた様を想って待っておられるやも」

天狗は顔を歪めた。はるの微笑が、一瞬小悪魔と重なったのだ。

五

白石の訊問より、五年経つ。

幕閣は、速やかなる故国送還という白石の上策を退け、最も困難という中策を採った。殺さず、囚として切支丹屋敷で老を送らしめることとした。

毎朝、長助、はる夫婦が掃除にやってきた。朝夕、きちんと二汁五菜の食膳が届けられた。はるが調理し、長助が時間を違えることなく届ける。冬には綿入れの重ね着、夏には薄着二揃えそれぞれ与えられた。

天狗が、この間、人に接し会話する相手は、長助夫婦のみである。朝、夕、僅かな言葉を交わした。寿庵のときと同様、いつか、天狗と長助とはる三人だけの、神の家族、フランシスコ教会が、暗黙の内に、密やかに成立していた。

七日ごとに、朝のひととき、天狗が牧者となって、二人の信徒に主の言葉を短く伝えた。頭を垂れ、誉め歌をささやくように合唱した。主を賛美した。十戒が判りやすく解き明かされ、至福の僅かなときを持った。国禁の事など、念頭から消え、至福の時を過ごしていた。

やがて、役人らは、彼らの行いを怪しむようになった。遂に、三人だけのささやかな教会の存在を察知した。

役人は、長助夫婦を呼びつけ糺す。

「ご公儀のご恩を受ける身に拘わらず、国禁を知りながら邪教の戒めとやらを受けているであろう。白状いたせ」

事が露見したと悟って、長助は、事実を率直に述べた。

「いかにも、かのロウマ人から、主の戒めを聴聞いたしておりました」

つづいて、役人は、天狗を糺す。

「汝は、国禁を犯し、長助、はるの両名を邪宗をもって受戒せしめたであろう。長助夫婦は、すでに自白したぞ」

天狗は、深い嘆息とともに頷き、瞑目した。


三人は、それぞれ別の場所に隔離された。長助は、独房に置かれた。はるも、江戸から遠ざけられた。

天狗は、その罪、最も重い。詰牢《つめろう》という身動きもままならぬ窮屈な独房に、押し込まれた。

詰牢とは、高さ六、七尺、縦横二尺そこそこ、食事はとれるが、身動きもままならず、心身は次第に萎え、やがて死に至る。

通常は旬余で狂う。生ける棺桶というべき独房である。

「長助殿、はる殿、いずこにおわすか」

五年間の春、夏、秋、冬、天狗の心を支えたのは、ひとえにこの神の家族であるささやかな牧会の存在ではなかったか。しかし、ある日、彼らは突然、行方も告げずにどこかに消え失せた。二匹の子羊はどこに消え失せたのか。道に迷っているのではないか。牧者たる自分は、詰牢で身動きさえままならぬ。

天狗は、新しく来た牢役人に問う。

「長助殿とはる殿は、いずれにおわすか、どのような仕打ちを受けておわすか。生きておわすか。お願いでござる。それだけでも、どうか教えてくだされ」

「知らぬ。もし、知っていても、汝には教えられぬわ」

幾度、そっけない返事のみ返ってくる。

その頃からである。夜な夜な、怪しげな唸り声が、切支丹屋敷内に響き渡るようになった。深更、決まって怪しげな唸り声が、地を這う。

「奇怪なことである。野獣か、妖怪の類か」

役人達は、顔を見合わせ訝った。間断なく、うめくような、訴えるような咆哮が、低く地を伝い歩く。泣き咽《むせ》ぶように高く低く、その内、疲れたのか静まる。又、繰り返す。やがてその声は天狗の詰牢からと人々は知った。役人が近づき、

「静かにせよ」

詰牢を杖で叩き、叱りつけると、しばらくは静かとなる。が、時を経て再び始まる。低く、

次第に高く、咆哮は、嗚咽と混わり、人々の安眠を妨げた。

「奴は狂ったか」

「狂ったかも知れぬ。しかし、その内、体が弱れば静かになるだろうよ」

役人の方が根負けした。


「誰かを呼んでいるらしい」

意味不明と思われる叫びを、解読する者がいた。

「長助殿、はる殿、ご信心お大切になされよ。決して、ご信心お忘れあるな。十戒を忘れたなれば、この世に生あるとも、無意味な存在に過ぎませぬぞ。禽獣に過ぎませぬぞ」

自己を律すること、かくも堅固かと思われた天狗が、ついに自己を見失ったのであろうか。

夜毎、胸苦しい咆哮は、煙のごとく、風に運ばれ、切支丹屋敷の堅固な石垣の内側を、隈なく這いずり廻り、粘りつき、何かを求めて怪しく進む。

この年、十月七日、長助は、俄かに高熱を発し、うわごとのように独り呟いている。

「はる、お前は何処に居るのだ。病気してねえか。さぞ、辛い思いしてるんだろうな。おらは、もういけねえ。駄目かも知れねえ。何故かそんな気がするのさ。暗闇の底へ底へ、果てなく引きずり込まれていくような、怖い変な気持ちなのさ。地獄へ堕ちるのかね。怖い。すべてが悪い方へ、悪い方へとぐるぐる回転していくようなのさ。お前と無理矢理引き離されて、こんな狭い牢屋へ押し込められて死ぬなんて思わなかったよ。おら、お前ともう一度会いてえ。独りでこの世とおさらばするなんて寂しいよ。はる、返事してくれ。お前は、いってえ何処に連れ去られたのだ。まさかお前は死んでしまったのじゃねえよな。天狗殿は、詰牢に押し込められて、夜毎、大声で吼えているよ。おれらを呼んで、泣き叫んでいるよ。遠くから聴こえてくるのだが、もうどうにもならねえ。おら、牢屋で生まれて、番屋で育てられて、結局、人の世界を知らねえまま、この牢屋でこの世をおさらばするのかね」

数日後、長助は息を引き取った。四十三歳だった。

詰牢に隔てられた天狗は、もとよりその死を知る由もない。更に一旬、寒さ事のほか厳しい。このとき天狗は、もう目は見えず、絶えて食することもなく、縮んだ肉体で、ただただ眠るのみである。

庭上の木下に薄氷の張りついた朝、十月二十一日。どこからか、柔らかい、一陣の春の風が寄り沿い、辺りは一面、光輝に満ちみちた。

ここは、シシリー島の草原に違いなかった。オリーブの樹林は、油を塗ったような翠《みどり》濃き葉をこぼれるばかりに装っている。草花は、柔らかいしとねとなって、色とりどりに、どこまでも広がっている。父母の顔がかすんで見える。

白い衣の天使の一群が現れ、天狗の衰えた肉体を心配そうに見守っている。やがて、祝福され迎えられて天狗は蒼穹へ上がって行く。小鳥が囀り、暖かい海の風と、眩いばかりの光に包まれて……。

はるは、江戸から遥か遠い南の島にいた。「生活は勝手たるべし」これが島のご公儀の掟である。はるは、山に入り木の実を、浜をさすらって貝や海藻を拾ってその身を養っていた。「島抜けを企てしは、崖から海中へ突き落とし」これも掟である。枯れ枝や板切れを拾い集め山里に小さな庵を編み、ひとり雨露を凌いでいた。梅の蕾が膨らむ頃になったが、長助や天狗の訃を知る由もない。

参考および引用図書

『西洋紀聞』新井白石　村岡典嗣校訂　岩波文庫

アントニオ三箇伝

一

湖の畔に、アントニオの一族は、これまで長く暮らしてきた。湖は寝屋川の分流点にあり、深野池《ふこうのいけ》と呼ばれた。長さ五レグワ（一レグワは、一里余）幅は二レグワの広さがあった、と、あるパードレが手記を残した。

湖に島が三つ浮かんでいて、この里は、いつとなく三箇の名で呼ばれるようになった。葦がところどころ繁茂し、水鳥が怯えるように飛び交っていた。

湖の東側は、急峻な飯盛山の斜面が、黒い怪鳥のように覆いかぶさっていた。

湖面に沿って強風が走り、湖面は鋭く波立つことがあった。長い戦乱で、住民の疲れや、不安な心を反映するかのようだった。加えて不順な気候が続き、一帯は、しばしば深刻な飢饉に襲われていた。

堺と都との往還の街道筋にあり、宿場町になっていた。大きい島に三箇城が築かれていた。領主は天竺宗（キリシタン）の白井サンチョ頼照である。サンチョ殿、又は三箇殿と呼ばれた。

天竺宗というのは、パードレがインドのゴアを経由して、堺に上陸するからである。

湖から水路が開かれ、寝屋川から浪速の海に出られる。湖水は、天然の防備である。

しかし、逆に川や水路を自在に上下して、法華宗など異教徒農民や、僧兵らの集団が数十の舟を連ね、この城に急襲を仕掛けることがままあった。彼らは野武士らと野合して多数の鉄砲で撃ちかけてくる。奈良の大寺が後ろ盾になっていて、侮りがたい勢力を誇っていた。

三箇城の南に若江岩田城、北に砂岡山城と小城が連立していた。いずれも領主はキリシタンだが、小領主の悲しさ、兵数は少ない。これらの小城も常に攻撃に曝されていた。

三箇城は、鉄砲狭間を四角、三角、丸、などさまざまに窪っていて応戦するが、異教徒達は、水路を利用して進退機敏に攻撃を仕掛けてきた。攻撃の意図は政治的野心ではなく、単に食糧の強奪にあった。

サンチョは、付近の飢饉の窮状をよく理解していたから、賢明に判断をして、徹底的に戦うことを避けた。

「又、米穀の強請《ゆすり》にきたのであろう。気の荒い奴らゆえ」

敵とはいえ、河内という同じ地域内での住民であり、元を辿れば同族に近い関係の者たちも多い。状況しだいで、休戦し米蔵を開き、米穀を分け与えた。食糧を奪えば、彼らはおとなしく退散した。

湖畔に、領主の一族や家臣の家が軒を連ねた。

常に多数の舟が舫《もや》ってあったから、商家で賑わう四條畷の町に出るのも造作はなかった。城は鉄鋲の門扉で閉ざされていたが、大事には舟を横に連ね、厚板を敷けば舟橋となり、軍馬が出入りできる。


湖に近接する山上には、城郭の規模の雄大さは日本一と謳われた飯盛山城が延々と城壁を廻らしていた。近年、阿波から三好長慶《ながよし》という、有力な武将が進出してきて在城した。一帯に点在する小城群の根城である。

湖面は、物の怪に襲われたように、一層、強くギヤマンの破片をちりばめたように波紋を描き、騒ぎだすことがある。すると、

「湖の神が怒っているのじゃ」

と、里はずれの三本松に住む梅婆ぁはいう。湖中に赤い小さい鳥居、赤い架け橋、奥に赤い祠があったが、いずれも破壊されたからだ。

梅婆ぁは三白眼で、欠けた歯をむき出し、唾を吐き散らしながら悪態をつく。

「この里は、近頃狂うてしもうた。昔は平和で良かったがのう。湖までおかしゅうなつた。前

は、ほんに波立たず穏やかじゃったのに。湖の祠は、村の守り神じゃったが、皆が心変わりして、祠を叩き壊しおった。もう。世も末じゃ。いずれこの里は呪われるぞ。神社や仏寺を壊し、焼いたからじゃ」

際限のない梅婆ぁの愚痴に付き合いきれない。だれかれが散ってしまうが、それでも呟く。

「天竺宗がはびこったからじゃ。なぜ、領主様は、異国のおとろしい邪宗に惑わされたのか。八幡様も、お寺さんもお布施が少なくなり、逼塞してござるわい。お気の毒じゃ。村の衆の恩知らず。罰あたり。今に良くないことが起きるぞ。わしは、もう生きておりとうないわい。この里の行く先を見とうないわい」

しかし、近年、堺に異国の船が出入りして、商人や、パードレが大勢で堺と都を頻繁に往還するようになり、賑い、潤ってきたのも事実だった。旅芸人が小屋を張り、女郎屋がそれなりに繁盛していた。

飯盛山城の三好長慶は、二万の軍勢を率い上洛し、将軍足利義輝の執政の立場につき、瞬く間に、五畿内を勢力下に収め、将軍を凌ぐ羽振りを利かすようになった。

長慶は、しばしばパードレを招いては、家臣一同とともに天竺宗を聴聞し、後ろ盾となったことから奥方や家臣の多くが信徒となった。

三箇城のサンチョは、地侍だが、長慶の与力となった。サンチョは、一帯の天竺宗の柱石である。妻はルチア、息子はマンショ頼連という。家臣は、三木半太夫をはじめ千五百人、領民は七千人だが、こぞって天竺宗に帰依してしまった。

「三箇には、異教徒は一人もおらんそうじゃ」

と、近隣の里でもっぱら噂された。しかし、それは表向きの嘘だと梅婆ぁはせせら笑う。

「わしゃ天竺宗は嫌いじゃやだで。皆の衆も心底そうなったのかどうか分からんわ。サンチョ様が何様であろうと、嫌なもんは嫌じゃ。あれで成仏でけるわけがなかろうが」

三箇城の南の若江岩田城の城主はシメオン池田教正である。北の砂岡山城の城主はアンリケ結城忠正である。生駒山を越えると、榛原《はいばら》城にダリオ高山飛騨守、ジュスト彦五郎（のちの右近）の父子がいて、一帯は、さながら天竺宗王国の絵巻を繰り広げるかの如くだった。

さて、サンチョの三男頼遠が、このほど、若く美しい奥方を娶り、やがて男子が出生した。続いて次男を生んだ。二番目の幼子は、イルマン（修道士）のマチウスから祝福を受けアントニオ（のち頼植）と名づけられた。永禄十二年（一五六九）のことである。

アントニオは、祖父で領主のサンチョの庇護のもと、恵まれた星の下で育まれたかに思えた。しかし、好事魔多しとかで、病弱で無事に育つかどうか、危ぶまれた。特に、梅婆ぁは、意味ありげな言葉を呟く。

「幸せの星の下に生まれた幼子じゃ。栄光じゃや。だが神様は人の一生を通じてちゃんと帳尻を合わせる。さて、その幼子は行く末、どうなることかな」

梅婆ぁは憎々しげに嗤った。ひねくれもんで、皆が祝えば祝うほど、喜べば喜ぶほど、平安であればあるほど、憎々しげに悪態をついた。しかし梅婆ぁの恐るべき霊力を知る者は知っていた。

サンチョは、島の中に二階建ての教会を建てた。湖面に美しく映え、湖の教会と呼ばれた。サンチョは、衆人の徳望を集めていたから、家臣や領民一同が彼に倣って天竺宗に帰依したのは、自然の成りゆきに思えた。教会は、すぐに手狭となり、更に大きく立派に建て替えられた。湖畔にパードレの宿泊ができる第二の教会も建てられた。


重臣三木半太夫の次男にパウロという、アントニオの五歳年長の少年がいた。病弱のアントニオに比べて、活発で頑健だった。サンチョは、

「末永くアントニオの友となって、力になってくれぬか。お前にあやかり、逞しくなってほしいのでな」

といった。

パウロは、アントニオを連れ出し湖畔で水遊びに時を忘れ、あるいは河畔で、草の繁茂する堤を、板切れで、終日滑り遊んだ。

パウロは、容姿や顔立ちも優れていた。アントニオは、密かな劣等感に、苛まれる。パウロは、

常に自信にあふれ、物事に迷わない、アントニオにとって自分とは異質の人間に思えた。

「パウロとおれは違う。おれは万事、疑り深い性格だが。パウロは物事を迷わないらしい。あの自信は一体どこから来るのだろう。人間の出来が違うらしい」

あの明快さ、あの率直さは何から来るものかと、子供ながら、嫉妬とも羨望ともつかぬまま、不思議に思っていた。

アントニオは、空想に耽る子供だった。時折、もう一人の自分がこの世に存在するのではないかとあらぬ妄想に囚われることがあった。悪魔のような妬みやすい自分と、そうでもない純な自分と。そのようなアントニオの心底を知ってか知らずか、サンチョは、時に、近臣に愚痴を洩らした。

「パウロは全く心配していないが、アントニオは何となく将来が心配じゃて」

祭礼の日には、浪速の漁夫たちが、運河を遡って三箇の里に参集する習わしだった。多い時には、二百艘の舟と三千人の漁師が集まった。漁夫たちには、弁当が振舞われ、何がしかの祝儀も配られた。祭礼が終われば、パードレや家臣、領民代表らが、浪速の海に出て、漁を見物した。イエス・キリシトの弟子には漁夫が多く、パードレから、その故事が語られた。濁り酒も配られ、舟の中で酌み交わす。

「ほんまに三箇は、漁師も百姓も武士も分け隔てがないわい」

と、人々の群れはこの理想郷を喜び歌った。殊にミサの当日は、賛歌が町中のそこここに聞かれた。

その祭礼には、都から、パードレやイルマンがやってきて、町をあげて盛大に行われた。

アントニオは、梅婆ぁの悪口に拘わらず、なんとか無事に育っていった。しかし、どう見ても骨格は貧弱だし、背も低く顔色はいつも蒼ざめていた。

ある日、家の表に、二人の南蛮人と、足を不自由に引き摺った一人の日本人の三人連れが現れた。日本人は、白い襟の立った黒い僧服を着ている。乱杭歯で、左右の目の大きさが大いに違っていて、とかくちぐはぐな、滑稽な顔つきをしていた。

「親御様は在宅かな」

と、その変な顔つきの日本人が尋ねた。目がよく見えない様子なのに、アントニオの心を見透かすように覗き込んだ。服の背丈が合わず、裾を地面に引きずっていた。白い歯が異様に目立った。アントニオは、怖くなって碌に返事もできず、家の中に逃げ込んだ。

すると、父は、

「ロレンソ了斎様に違いない。連れの方々は都からおいでになったヴィレラ様、フロイス様だで、失礼のないように」

と、慌てて出迎えに出た。

ロレンソ了斎は、ザビエルから直接、水垢離《みずごり》（洗礼）を授けられた。少年時より琵琶法師として、人の戸口に立ち、わずかな糧を貰って、物乞いのような暮らしをしていた。しかし、その美声は仲間内でも群を抜いていた。

「極楽浄土は、天上なんぞにあるのではござらんわい。この地上の土の上に、しっかり足を据えてあるのでござるよ。この三箇の里の人々の交わりの如きと覚えてくだされよ。悪行煩悩の身といえども、デウス様を信じ、お助けを求めれば、憐れみ、必ずお救い叶うべし」

と、しきりにいった。これが口癖だった。鍛えた語り口、仏法に倣った言葉遣いと、その名調子は、集まった聴衆を大いに魅了した。

「まこと心眼が開いているのだ」

三箇の群れは、大いに感嘆する。

二

アントニオは十二歳になった。

生駒山系には鹿、猪が多く棲息していて、板囲いを破って、しばしば田畑を荒らした。

山狩りが行われ、三箇の村人は、大勢が駆り出され、アントニオは、見物に出かけた。と、勢子《せこ》に追われた大鹿が、突然、走る向きを変え、アントニオの目前へ走り込んできて膝を折った。もがきながら、救いを求めるような真っ赤な目を向けた。目から血のしずくが流れていた。アントニオは、恐怖に立ちすくむ。

猟師たちがどっと駈けよった。

「悪さを、しくさるのは、こやつじゃ。雌の年寄りやで」

もがく鹿を網で絡めとった。

「斧を持ってこい」

斧を受け取った一人が、その場で首を切り落とした。ドーンと空洞を叩くような響きがあって、穴の開いた胴から、血が噴出し田の畔に流れた。血をすっかり出し切ると、四肢を荒縄で縛りあげ、逆さにして棒に通し、前後、二人で軽がると担いで持ち去ろうとする。

大量の血を見て、怯えて立ちすくんでいるアントニオに、一人が、にやりと笑った。

「おい、小僧、怖いか。こないして血を抜くと、てきめんに軽くなるんじゃ。あばれんからのう。覚えとけ、いずれ役に立つぞ」

群れは大いに陽気だった。

「今晩は鹿鍋じゃ。鹿鍋じゃ。祝いじゃ。酒盛りや。村の衆もさぞ喜ぼう。のう、そこの小僧よ、お前にも食わしてやるけ。小僧よ、村の衆に触れてまわれ。入れもん持って集まってこいとな」

凄みのある笑い声が、どっと巻き起こった。祭りのように沸き立っていた。アントニオは震え上がり、三度、四度、嘔吐した。反面、怖いもの見たさの、悪魔に魅入られたような、ある嗜虐的な喜びに胸が疼いているのに気づいている。

その帰途のことだ。

路傍に蹲る、ぼろ布のような赤黒い塊を見た。近づきよく見ると老婆だ。ぜいぜい息苦しそうに臥せている。梅婆ぁに違いなかった。婆ぁは、突如振り返りざま、ギラリと真っ赤な皿のような眼を見開いた。

「喉が渇いて苦しい。死にそうじゃ。やい、そこのわらんべよ、聞こえぬか。水を飲ましてくれ、小川の水の傍までおぶってくれ、そういっているんじゃ」

アントニオは後ずさる。

「こら、逃げるか、聞こえぬ振りしおって、おぶってくれというに」

血が薄く滲み凄みのある目だった。気のせいか、先ほど首を落とされた鹿の目と全く重なった。泥にまみれた皺だらけの手を、救いを求めて差し出してくる。

……血だ。あの血の眼だ。あの鹿の眼だ。梅婆ぁだ。あの鹿の化身だ……

アントニオは、恐怖と妄想に囚われ、真っ青になって後ずさりする。

「やや逃げるか。聞こえぬふりするか」

鋭い叫びが追いすがってきた。アントニオは泣き出した。泣きじゃくり立ちすくむ後ろから容赦のない声が追いすがる。

「わしゃ死にそうなんじゃ。わしゃ大怪我しとるんじゃ。水を飲ましてくれ。この老いぼれを見殺すか。見捨てて逃げるか、人でなしめ。非情なお前は、やがて呪われるぞ。呪われて、呪われて火に包まれて死ぬぞ」

悪罵を背中いっぱいに浴びた。アントニオは逃げる。梅婆ぁから遠ざかりたい。息を切らして、やっと家に帰りつく。しかし、呪いの言葉が樹液となってアントニオの背中に粘りついていた。

「呪われて、呪われて、火に包まれて死ぬがよい」

しゃがれた声が、耳の奥に粘りついている。

「火に包まれて死ね」

家に帰るなり、押し入れに逃げ込み、戸を閉めた。しかし、呪いが、耳に粘りついて離れない。


アントニオは、気弱な、非力な肉体の持ち主だが、ひとかどの夢は抱いていた。三箇武士団の一員となり、ひとかどの戦士となりたいと願っていた。パウロの父の三木半太夫や、ジョルジ結城らの勇武を、かねて聞いて育ってきた。が、父は、

「お前は、戦士には向かぬ。体力がない、心も軟弱だ。地味に教会で奉仕するがよいのではないか。セミナリヨで学び、イルマンとなれ、ゆくゆくは望みを大きくパードレへの道を選ぶのもよい。その旨、サンチョ様にお願いしておこう」

が、アントニオは、ロレンソ了斎の醜い容姿を覚えている。

「いやだ。南蛮僧ごときにはならぬ。私は武士として、身を立てたいのだ」

すると父は、

「三木半太夫のせがれパウロを見習うがよい。ひとかどの戦士となる器だが、パードレを志願して、今、安土のセミナリヨでラテン語や異国の事情を学んでいる。これからは、狭い日本でなく世界に目を開き、考える時代だ。世界の文化を知る良い機会でもある。その意味でも、パードレは、魅力ある尊敬できる地位と、わしは思っておるわい」

アントニオは、イルマン稽古という名目で、三箇のイエズス会、湖の教会で奉仕するようになった。朝の庭掃除、床磨き、ごみ捨て、草引き、水汲み、燭火の点火、消火が日課で、夜が学びである。

三

天正十年(一五八二)。

最近、畿内一帯の夜空に怪しき光芒が現れ、尾を引いていた。彗星という。三箇の里からも見えた。都人は大いにおののき、道に出て、肩を寄せ、ひそひそと空を仰ぎ怯えた。

「凶事、大乱の兆に違いなし」

寺社で護摩が焚かれ、随所で平安祈願、悪霊退散の祈禱が行われた。

更に、六月二日の深更、三箇から望んで北の方角になる都の空の一画が俄かに赤々と染まった。遠雷のごときも聞こえた。

「すわ、異変か、大火か」

三箇の住人は戸外に出て、立ち騒いだ。飯盛山から都が燃えているのが見えた。翌夕になると、

「都が焼かれた。兵火なり、何者の仕業か」

真偽定かでない情報が飛び交った。

「兵火で焼き滅ぼされたのは、第六天魔王と自称する男、尾張の織田弾正信長という。叡山を焼いたあの傲慢の報いに違いなし」

「いや、織田弾正は、悪の化身なればたやすくは滅びぬ。某所で存命している」

と、まことしやかにいいふらす者もある。都に異変ありと聞いて、三箇まで騒がしくなった。

宿をとっていた旅人の多くは、早々と帰途についた。折から三河の家康殿という貴人らしき数十人の一行も宿を取っていたが、俄かに行方をくらました。

数日たつ。織田弾正信長を焼き殺したのは、明智光秀という織田軍団の出頭人の謀反と知れわたった。光秀は、素早く都を抑えたという。

しかし、その光秀と、同じく織田軍団の羽柴秀吉との跡目争いの戦さが、間もなく始まるらしいという。秀吉が大軍を率いて中国から引き返してくるらしい。迎え撃つ明智勢は都から南下、ほどなく両者の遭遇する地点は、三箇から見て淀川を挟んだ対岸、北摂付近という。

明智光秀から、サンチョに参陣を促す使者が馬を飛ばしてきた。

「天の命により信長を討った。ついで、羽柴秀吉を討つ、正義はわれにあり。戦勝の暁に河内一国を差し上げよう、三箇殿が存分に差配されるがよい」

と、誓紙を差し出し、口上を述べた。更に、

「当座のお支度費用に、馬一頭分の金」

馬の背が撓《たわ》むほどの多くの袋が積まれてある。袋の一つを検分すると、まさしく金貨、砂金がざらざらと零れ落ちた。

「しかと、お味方を約束しましたぞ」

翌日、秀吉側からも、参陣を促す使者がきた。

「上様の仇、逆賊明智を討つ、正義はわれにあり。三箇殿は速やかにわが陣営に来たれ。早ければ恩賞、遅れたれば鼻を削ぐ」


サンチョは迷いに迷った。軍議が深更まで続き、結局サンチョは、明智に加担することに決した。

サンチョは、嫡男マンショを総大将とし出陣を命じた。舟橋がかけられ、マンショは、精兵五百を率い、白い胸板の南蛮鎧に身を固め、ヤコブの旗幟を立て淀川を渡った。アントニオの父頼遠も出陣した。

ジュスト高山右近は、反対に羽柴秀吉に加担した。キリシタンは、敵味方に分かれた。

都から南下した明智の前衛と、西国街道を北上する羽柴の先鋒、ジュスト高山右近の兵二千がまず遭遇した。淀川と天王山に狭められた隘路で、未明、濃霧が立ち籠め、互いに姿は見えない。突然、がやがやと人声のみが聞こえる。

「いずれの兵か」

明智の兵が誰何《すいか》すると、クルスの長旗が数本、霧の中から、ぬっと差し出された。

「や、敵じゃ。高山右近じゃ」

わっと、叫びが上がり、暗い霧中、焦点も定まらぬままに鉄砲の乱射が始まった。

高山右近は、折しも摂津高槻城在番となっていたから、わが領内での戦いで、地の利がある。濃霧に戸惑う明智の前線を破り、逃げる敵を追って、二百を討ち取る大功を立てた。

同じく羽柴方の池田恒興軍は右翼淀川べりを、同じく中川清秀軍は左翼天王山山中を縫って進んでいたが、折からの銃撃音に、進軍の速度を俄かに速め、三方から明智本陣に迫った。

明智の侍大将斎藤利三は、刃をかざし、退却する兵を制止するが及ばず、総崩れとなった。多くが討ち殺され、鼻を削ぎ落とされた。


マンショは逃げ、行方知れずとなった。三箇から、戦さ見物に出ていた者たちが、次々と逃げ帰ってきた。

追い詰められた軍兵が、逃げ場を失ってばらばら淀川に飛び込んでいるという、刀槍に未練を棄てられぬ者は、その重みで川に沈んだ。屍と旗竿が、蓮の葉のように浮き沈みして流されていくという。

村民が、真っ青になっていいふらしている。

「溺死体が、ようけ、ぷかぷか流れてくるぞ」

「ようけ、ではわからん」

「ざっと数えて五百、いや七百か」

「三箇勢はどうなった。マンショ様は無事か」

「わからん。三箇は賭けに負けた。流れている旗は、明智の桔梗紋よ。三箇勢のヤコブの長旗もあったでや」

髪振り乱し、狂ったように叫ぶ女がいた。

「うちの旦那様を見なんだか」

「気の毒やが、わからん。総崩れやで」

溺死体は浮き沈みして、繁茂している葦の間にも多数、ひっかかって漂っている。早くも鼠族が何処からともなく現れて、稼ぎ場と見て出没していた。川縁に打ちあげられた死者の背中に結わいつけてある刀剣を素早く盗み、奪い合って、束ねて担いで逃げていくという。残兵が、三箇の里に逃げ帰ってきた。死者や怪我人を荷駄に乗せ、ががらと曳いている。

サンチョは、早々と三箇を捨て、生駒山を越えて、大和の筒井順慶を頼り遁走した。

アントニオの父も大和に逃げ、さらにいずれかに立ち去ったという。母は父の後を追おうとして、アントニオを誘ったが、アントニオは、意地になって、頑固に拒絶した。

「おれは三箇に残る。この里の行く末を見届ける。今更、見知らぬ他国へ逃げたとてどうなる事か」

アントニオの父母は、大和から北陸方面を転々とした挙句、窮死したという話も伝わったが、真実は分からない。行方不明となった。


三箇に敵の軍兵が雪崩れ込んで、破壊と略奪を行った。家屋の多くが火にかけられ、教会も破壊された。三箇のキリシタン王国は、サンチョを失い、あっけなく崩壊した。異教徒が勢いを盛り返した。

多くの住民は、聖歌を忘れて、掌を返したようにご詠歌の唱和を始めた。

「サンチョ様が天竺宗を奨励していた時代は去ったのだ」

領民は、掌を返したようにけろりとした。アントニオは呆然となる。これまでの三箇は一体、何だったのか。いずれが虚でいずれが実か。今までの現実は、何だったのか。

アントニオは十四歳になっていたが、突然の世の反転に、何を信じて生きていけばよいのか分からなくなってしまった。すべてが空々しく思える。柱と頼むサンチョ、マンショは姿を消した。両親は失踪し家を失い、巷を放浪する。家族を失った孤児たちはほかにもいた。彼らは群れとなり、幽鬼のように蒼ざめて彷徨っていた。

四

アントニオは家族を失い、家は焼失、なすこともなく蒼ざめて巷をうろついていた。食するものも、まともな物もなく、人の情けを受けた。夜は湖畔の草むらや、路上や、人気のない家の軒下で眠る。湖には、鴨やかいつぶりの類が、浮かんだり沈んだり、平和に動いている。

ある日、湖畔で汚れた男子の身なりの小娘と出会った。

「男かと思うたら、なんや、女子か」

「女子で悪かったか」

ぞんざいな言葉使いだ。

「うちの名は、クララ」

父は傭兵働きをしていたが殺された。その母は父の後を追うように病死したといった。

同じような境遇とすぐ分かると、以前からの知り合いのような気易さを感じた。共に十四歳だった。放置してあった乾草の小屋を借り受け、自然の成り行きのように同棲、いや同居人として暮らし始めた。

「兄妹のように」

と、クララは釘をさすことを忘れない。

「ああ、兄妹のように」

期せずしてアントニオは、合言葉のように応ずる。

二人は、布団は別に並んで寝たが、兄妹の関係を固く守った。その年、格別に蠅が舞い、蚊も多い。乾し草の異臭が漂い、寝苦しい夜が続く。蚤、しらみが床をぞろぞろと這っているのに悩まされたが、さほど苦にならなかった。感覚が麻痺したのかもしれない。排便は野外に立った。藁や莚を敷いて、寝床とした。


秋が逝き、冬が来た。素焼きの火鉢がひとつあったので、枯れ枝を拾い集め、暖を取った。しばらくは、アントニオの親が残した家財、衣類などを売り払い。あるいは米穀と交換した。山に入って、野草を摘み、また木の実を拾ってなんとかその身を養って生きた。もっぱら、雑穀の粥が二人の主食となった。クララは、その粥の濃いところを常にアントニオに与え、自分は、その上澄みのような部分を自分の椀に入れた。

「いや、それではいけない」

アントニオが遮るが、クララは、

「いいの、あなたは男だから、うちは大丈夫」

と、取り合わなかった。秋口から、クララが咳き込み、目立って痩せ始めた。

「労咳だといわれた」

クララは、寂しく他人事のようにいった。

「労咳」

アントニオは絶句する。不治の病と聞いていたが、漠然とクララの肉体の回復を期待して、無為に日を送るのみである。対処する手段を知らない。頼る者もない。大事を感じていたが、立ち向かえない。治療する金子の用意もない。どうしようもない。


クララは床に臥す日が多くなり始めた。食事の用意や、洗濯は、もっぱらアントニオの仕事になった。クララは弱った体力でも自分の肌着は自分で洗うといいはる。アントニオが水を井戸から汲み上げ、クララは衰弱した体でもみ洗った。

クララは、嫁入り用の、まだ袖を通していない、仕付け糸をつけたままの衣装を多く持っていた。亡き母が、つましく少しずつ調えていてくれたのだという。クララは、三つの柳行李に、その衣装を詰めて大事に持っていたが、もう、要らないといった。

「うちの衣装をどこかで売ってきて。袖も通さず大事にしていたのだけれど、暮らしの足しにして。これで、しばらく食べていけると思う。うちは、もう、何も要らない」

寝具や、僅かな身の回り品は、焼かれて煙のくすぶる家から、幾許《いくばく》か持ち出してきたのが役立った。二人は、眠るとき、布団を並べて寝ていたが、

「顔をうちに向けないで。背を向けるのよ。息吹きが届くといけないから、咳がかかるといけ

ないから、この病はうつるというから」

アントニオは、背を向けて眠った。更に、

「うちの吐く息が届くかもしれない。少しでも顔を遠く、布団は鉤型に敷いて」

息の届かないよう遠くへ離した。

鉤型の要の部分に、互いの足指を絡ませ、常に重ねた。指先を絡めたのは、一つは暖を取るため、一つは、足の指先から伝わる僅かな体温でお互いの存在を確かめた。不安のなかで、ともし火のような、僅かな平安を失うまいとした。その足指が次第に冷たくなるのが分かった。

「うちが死んだら」

クララは、弱々しく、寂しげにいう。

「うちは、もう駄目。なぜか判る。死んだら、私の分も生きて」

労咳といっても、死ぬとは限らない。きっと軽いのだ。クララに限って死ぬ筈はない。そう信じようとした。病に対処しようにも、準備もなく知恵も手立ても考えつかない。怠惰な無為の日が過ぎた。

さて、数旬を経た、夕方のことだ。棚の上に、小さなまだ青い蜜柑が二つ置いてあった。彼らを憐れんだ近隣の人からの差し入れだった。

「棚の蜜柑が食べたい。あの棚の蜜柑をとってきて。うちは、もう脚が立たない。自分では、もう立てないの」

アントニオが、蜜柑をクララの痩せた白い掌に載せた。

「剝いてやろう」

「いや、いい、触っているだけで、それで満足、充分うれしい」

クララは、匂いを嗅ぐだけで、食べずしきりにさすっていた。

「食べろ。食べないとだめだ」

「いや、うちは今食べたくない。だから、食べてしまっていい」


その翌朝のことだ、未明、アントニオは、消え入るような、小さな声に目覚めた。

「さようなら、アントニオ」

クララは絶え入るように、寝言のように、そうつぶやいている。

「さようならだって?」

意味が分からない、夢を見ているのか。

……さようなら、アントニオ……

不意に理解した。寂しく、別れを告げたのだ。アントニオの心は凍りついた。布団を跳ね、戸外に出ると薄氷の張り付いた農道を走りに走り、村の医師の門を叩いた。

朝早くたたき起こされた老いた医師は、脈を取り、胸に耳を当て、瞳孔を覗き、何度も首を横に振った。

「労咳じゃというのに、滋養が足りなかったかのう。腹に水が溜まったようじゃ」

老医師は、アントニオに非難の目を向けた。霜の朝、クララは寂しく窮乏のなかに逝ってしまった。自分が死なせたようなものだ。

信仰者としてあるまじく、デウスを疑い、恨み、激しく呪った。

「天にいますデウス様。頼みまいります。何故、ともし火を吹き消されたのか。若芽を摘みとられたのか。非情をなされたのか、これが、あなたの御心なのか。あなたの御業が分かりませぬ。これが、真実ならば、あなたを恨みます。願わくは、これを夢となさしめたまえ。蘇りを与えたまえ。それがないなら、いっそ、この世は永遠の暗闇となるがよい。日輪よ、光を失うがよい。星たちよ、輝きを失うがよい。夜明けは、永遠に来なければよい。おれは母の胎からこの世に生まれなければよかったのだ。これから深い暗闇の底の小道を、一人で歩めというなら、いっそ、この世に来なければよかったのだ」

激しく慟哭した。涙が止めどなく頬を濡らした。深い果てしない地底の闇に底知れず引き込まれるような感覚だった。この底知れぬ空虚からいつになったら逃れられるのか。アントニオは、背教者への分かれの道に差しかかっていた。

クララの亡骸は、何人かの村人に担がれ、山中の丘に土葬された。少しばかり見晴らしのよい場所だった。湖面のさざなみ、水鳥の羽ばたき、木漏れ日の下、三箇の里が小さく見下ろせた。

卒塔婆らしき板切れが散乱し、名前を書いただけの柱が乱雑に突っ立っていた。

鋳型に敷いた寝床の布団の中での、密やかな、足指の絡み、冷たい指先、しかし僅かに残った温かさをアントニオは、しっかり覚えている。クララは土のなかに埋まった。やがて塵となるだろう。しかし、肉は滅んだが、自分が生きている限り、自分の生のなかに彼女は生き続けてくれるに違いない。クララは自分の、血の流れとともに、一緒に流れて生きてくれるに違いない。そう信じようとした。

五

天正十五年（一五八七）夏、パードレの記録。

『タイコフサメ（太閤様）は、島津征伐を終え帰還の途にあった。平戸に立ち寄り、南蛮の軍船に乗って試射を体験した。「凄まじい威力だな」タイコフサメは、感嘆し、上機嫌に見えた。しかし、九州陣に付き従った武将の大半が、キリシタンに変身していることに改めて気づいた。豊後の大友、明石の高山、肥後の小西、筑前の黒田、肥前の大村、天草の有馬氏などである。秀吉の陣屋にクロスの長旗が、林立していた。

タイコフサメと一部の幕僚は、外国船の軍事力と、キリシタン勢力が、もし組めば、わが身に危険と見た。その翌日、六月十八日「十一条の覚」なる文書で、天竺宗への規制を発布した。

但し、この時点では、天竺宗を一向宗の徒党性と同一視して論難するものの、入信を「その者の心次第」と認め、高禄の給人（二、三千貫以上）の入信を許認可事項とする緩やかなものであり、なお体制内宗門として容認していた。

ところが、千宗易を上使として、ジュスト高山右近に棄教を迫ったタイコフサメは、思わぬ手厳しい拒否に出遭った。右近の強硬な姿勢に、タイコフサメはたじろぎ、ついで反発した。

翌六月十九日、「定五ヵ条」を発布した。キリシタン宗門を体制外宗門とし、「日本は神国たる処、異国より邪法を授け候儀、然るべからず。パードレは二十日の間に帰国の用意仕るべく」と、パードレの国外退去を命じた。高山右近を危険な存在と見て追放した』

三箇の里にも天竺宗を邪宗と見做し、パードレの国外追放の高札が立った。

その頃、アントニオは自己を見失い、ならず者の仲間に入っていた。あざけりが聞こえた。同時に、周辺に、悪い噂が羽虫のまつわりつくように聞こえてきた。

「あやつは、ならず者、偽善者、詐欺師」

行く先々で、あざけりの声が聞こえた。三箇の里を放浪していると、敵対する、別のならず者の組下の若者が、いきなり体を寄せてきた。

「われは、身寄りのない小娘の衣装や財産を騙して掠めたやろ。まだ隠し持ってるやろ。独り占めすな。わいらにも寄越せ」

何人かに囲まれ、路地に引きずり込まれた。一人が、じわりと体を押し付けてきた。アントニオが押し返すと、それを機に、数人の足蹴に倒され、棒や鉄拳の乱打が襲ってきた。アントニオは、地に転び、血にまみれ、汚泥の底に意識を失った。

翌日も、その翌日も、何処からともなく、あざけりが聞こえてきた。羽虫のように振り払っても、振り切ってもつきまとった。

「あやつは裏で奉行所と通じている。パードレの消息を秘かに訴人して、金を得ているのではないか。三箇様の一族やが、何も職を持たず、仕事もせず、ぶらぶら遊んで暮らしているそうではないか」

かつての知り合いの者までが、アントニオと判ると、顔を合わすのを避けた。声をかける者もない。

三箇の残された少ない信徒は、小丸太、板を寄せ集め仮の礼拝堂とした。牧者のいない礼拝と集会は、細々と続けられているが、柱を失い、加えて追放令で、三箇のキリシタンは勢いを失った。アントニオは、仲間から白眼視され、教会から次第に足が遠のいた。あげくイエズス会の名簿から、その名が墨で塗りつぶされた。

「詐欺師、三箇の恥、民衆の敵」

悪罵の合唱が巻き上がった。アントニオは、闇の中に閉じ籠った。

「彼らは、おれ一人を生贄とし、鬱憤ばらしに、苛めいたぶるのだ」

アントニオは、天を恨み、自らを呪い、沈んでいった。無頼の群れと、肩を組み、毎夜のように、賑わう四條畷の盛り場や町裏をさまよった。賭場にも出入りした。

通りすがりの女の誰でも引き寄せたり、引き寄せられたり、見境なく交わりを重ねた。相手の女は次々と変わっていた。

又、ある時期は、村はずれで、茶屋を営む年増女の深い情を受け、それをよい事に入り浸った。

「あの若造はあれでキリシタンか、背教者や。三箇様の連枝やが、庇護する者がいなくなれば堕落するものや、イエズス会からも、追い出されたという」

あざけりが羽虫となってまつわりついた。


大坂セミナリオにいたパウロ三木が、アントニオの好ましからぬ噂を聞き、三箇に帰ってきた。

二人は、かつてよく遊んだ湖畔の草に寝転んで、空を見あげた。

「風が去ってしまったのだ」

草をむしり投げながらアントニオは、自嘲していった。

「どういう意味だ」

と、パウロ三木。

「三箇の大地にぽっかりと暗い穴があいてしまった。人々の心は変わった。サンチョ様が領主のとき、あれほど熱心に教会に集った人々はどこに消えたのだろう。人々はあの時なぜ集まり、今、なぜ去ってしまったのだ。この世のハライソといわれた三箇は嘘だったのか。彼等は聖歌の代わりに、今は、平然と、ご詠歌を唱和しているよ。あのときは、領主サンチョ様を倣っただけよ、というのだ。そんなものかね」

掌を返したような世の中の慌しい反転に、アントニオは翻弄され、呆然とするのみである。

「デウスは、この里の破壊をなぜ許したのか」

パウロ三木は、アントニオの肩を抱きかかえた。

「一からやり直そう。三箇は廃墟とされた。三箇だけではない。河内全体がそうなのだ。羊の群れも牧者も居ない。まさしくデウスは、試みておられるのだよ。そう考えなければいけない。しっかりせよ。しかも、イエズス会から、脱退したそうじゃないか。教会を離れたキリシタンは、家を失い離散した浮浪児だよ。組織から離れると、無力だし、みじめだ、誰もかばってもくれない。只の一匹の迷える羊だ」

「おれはイエズス会から追放されたのだ。名簿のおれの名前は墨で消された。もう戻れない。おれは、生まれてこなければよかったのだ。デウスは、この羊を連れ戻して……くれるだろうか」

アントニオは、苦しそうにうめき、顔をゆがめる。

「おれは裏切り者といわれている。確かにやくざとも付き合っている。しかし、パードレの消息を役人に売ったりはしない。やくざとて、友を裏切ることはない。殺されそうになっても、役人の助けを呼ぶことはない。だが、その証《あかし》ができない」

アントニオは嘆く。

「役人が、パードレの消息を知らせたなら、金三十枚を与えると取引を囁いてくる。しかし、おれが、役人の手先など、なるわけはない。どうして、そのような目で見られるのだろう。このような悪の時代に、おれは、母の胎から何故生まれたのだろう」

パウロ三木は、次第に険しい目をアントニオに当てた。

「お前は自分で判らないのか、傲慢になっている」

「おれが傲慢だって」

アントニオは、パウロ三木の昂然とした姿勢をまぶしげに仰いだ。

「おれは、これほど、打ちのめされ、打ち拉《ひし》がれているのに、これでも鞭打ちが足らないのだろうか。おれを撃つ石が足りぬというのか」

「判っていない。お前は自分が常に正しく、三箇の群れが裏切ったとでも思っているらしい。全く逆なのに気づいていない」

パウロ三木の叱責は厳しい。

「お前は、三箇でちやほや甘やかされ過ぎたようだ。デウスは低くへりくだった者を高められ、お前のように傲慢な者は低められる。お前は、心まで腐りきったようだ。無頼の徒になり下がっている。甘い記憶に満ちた三箇から離れろ。去って、長崎へゆけ」

パウロ三木は、アントニオの頬を激しく打った。

「眼をさませ」

その激しい叱咤も、今のアントニオの耳に入らなかった。三箇の群れの変身が信じられないのだ。しかし、パウロの忠告に従って長崎へ旅立った。

六

大地よ、わが血を覆うなかれ。わが叫びは、休むことを得ざれ。

ヨブ十六―18

慶長元年（一五九六）パードレの記録。

『イエズス会は、日本の国情をよく弁《わきま》えており、パードレの派遣を控えるのが、今は得策と承知していた。これに対し、フランシスコ会は後発の焦りもあって、イエズス会の制止を無視して、マニラから続々とパードレを潜入させていた。慶長元年、土佐沖で難破したサン・フェリーペ号には、フランシスコ会のパードレが七人便乗していた。船の積荷を没収された水先案内人は、腹立ち紛れに、「イスパニア帝国は、まずパードレを送り込み、その国を征服するのが常套手段」と、立会いの奉行に口走った。この言葉は直ちに大坂に伝わった。タイコフサメ（太閤様）は、南蛮交易の旨みを知り、一旦の追放令をけろりと忘れたようになっていた。しかし、タイコフサメと取り巻く幕僚達の感情がこれで逆撫でられた。一挙に厳しい弾圧をする決意を示した』

翌慶長二年（一五九七）年初、ある朝、都、綾小路の教会を捕り方が大勢で囲んだ。アントニオの友、パウロ三木もこの時、捕えられた。

「われらは決して逃げません。ミサが終わるまで、待ってくだされ」

フランシスコ会のペドロ・パウチスタは、包囲した役人に丁重に頭を下げて頼んだ。しかし、捕り方は許さない。

「やつ等らは妖術を使うぞ、油断するな」

口々に叫びながら梯子を並べて囲むが、何かを恐れて屋内へは中々踏みこまなかった。が、やがて、鳶口などで教会建物の戸板を破壊し始めた。

役人は老若二十四人を捕縛した。その中には、十二歳から十五歳の少年が三人含まれていた。全員、烙印に代え、右耳たぶを削ぎ落とされた。逃亡を防ぐ為でもある。

やがて、二十四人は、縄で数珠繋ぎにされて都から一旦堺へ、再び大坂に戻り、陸路山陽路へ出て長崎に向かった。

裸足は、血が滲んでいる。行く先々の町、村を引きまわされた。民衆に恐怖を与える為に見せしめの旅を続ける。

ぼろを纏わせ、キリシタンと大書した幟を掲げ、ゆるゆる歩ませる。道筋の村落の老若男女は、穢れたものを見る目つきで遠巻きに見物した。石を投げる者もいた。しかし小休止のとき、駆けよりひざまずき、涙ながらにその素足を布で拭き、足に接吻する女もいた。

山陽道の途中から、二人の若者が、見え隠れしながら後をついてくる。

「目障りだ。去れ」

と、役人が追い払っても、又追いついてきて懇願する。

「われらもキリシタンなれば、共に歩みたし」

「礫になりたいのか」

「その方達の、身の回りのお世話をしたいのみ」

と、口々に叫ぶ。警護の役人達は始末に困り、大坂に馬を走らせ伺いを立てた。奉行石田治部少は、

「それほど礫にかかりたいのか、まことに死を恐れぬ不思議な者達よ。彼等が、それほどいうなら、一緒に連れていってやるがよい、それが慈悲というものだろう」

道すがら、その若者二人が新たに加わり、二十六人となり茨の歩みを続ける。パウロ三木は、この群れの中心人物だった。しばしの休憩のときも、道々、キリシトの言葉、行いについて語り、仲間を励ました。

六人の南蛮人パードレを中心にして、日本人キリシタン二十六人の行列で、最年長者は、六十四歳だった。二月四日に長崎に着く。三十日の行程だった。彼等は、毅然と顔を上げて歩んだ。

道々、大勢が見物に集まった。穢れたものとして避ける者は多いが、駆け寄り、着物に触れ、素足に口付けする者もいた。

長崎の町の人達は、袖をひき合い、彼等の表情を見て怪しんだ。

「おお、微笑んでいる」

道筋の人々はどよめき、幟を立て、十二、三の少年達が、なぜ、耳を削がれ荒縄に繋がれ、幟を立て街道を引き連れられて行くのか、公儀の仕打ちを疑った。少年達は、常に貴人のように物静かな表情で歩む。

「名も知られぬ少年達ながら、礼節を重んじ、宮廷にいるように会話している」

と異人は感嘆し、故国に通信を書き送った。長崎に着いてすぐ明朝に、西の坂の刑場で磔刑となることが告げられた。

アントニオが、長崎に来て八年経った。年は三十歳に近づいていた。群衆に混じって、不安におののきながら一行の行列を迎えた。

三箇の友、パウロ三木が、顔を上げ坂道を昂然と歩んでいる。アントニオの目の前を通りすぎ、その着衣が触れ、差し出した手が触れた。息がつまりそうだった。何年ぶりかの再会だが、双方、言葉を交わすことはない。

アントニオは、耐え難い自己嫌悪に襲われ、長崎奉行所に出頭した。

「私も、キリシタンなれば、磔刑に共にありたし」

突然の闖入者に、火鉢に手をかざしていた役人達はぎょっと顔を見合せ、あっけに取られた。

あざけっていう。

「今はそれどころではない。何も聞かぬことにする。いずれゆっくり話を聞こう。今日はそれどころでない。去れ」

彼等は、アントニオがイエズス会から除名され、巷を放浪しイルマンと自称して活動していること、元は河内の身分のある武門の出身であることに以前から着目していた。しかし、奉行所がアントニオを見逃していることが、群れからは一層、疑惑の目を向けられる因となった。

「あやつは、又、奉行所に出入りした。何の必要があって」

ここ長崎でも、アントニオは常に孤立した。正体の分からぬ奴、何となく、あやしげな陰、暗い裏のあるやつ、と見做された。


刑場にあてられた、山と海に囲まれた狭隘な長崎の地は、数日来、日中でも薄暗いほど激しく吹雪いていた。が、当日になると、朝から晴れ渡り、陽光が輝き、春の到来の予感をさえ漂わせていた。港の内外には、国内の船や南蛮船のほか、幾艘ものジャンクが舫ってある。海面は、ギヤマンの小さな破片のように輝いている。微風が梢の葉をそよがせている。

「丸血留《まるちる》（殉教）」この不気味な響きの囁きが、人から人へ、口から口へ、水の砂に染み入るように伝播していった。マルチル、マルチル、地底から湧き上がるような囁きが行き交い、あきんどの多くは店を閉じた。

大村をはじめ近隣の村落から、聞き伝えて民衆が集まり、流れが西坂の丘陵に向かって動き始めた。数百、やがて万余の群衆に膨れて、西の坂の丘を取り巻いた。海に舟を浮かべて見守っている者もいる。

五歩の間隔で、二十六本の柱を一列に立てる穴が掘られた。一本の柱には、二本の横木が通され、腰の辺りに、しばしの腰掛けの板が取り付けられた。上方の横木に両腕、下方の横木に両足、首と合わせて五本の輪《わさ》をかけて肉体を固定した。

磔の並び方は、受刑者の希望が入れられ、南蛮人パードレ六人が中央の柱を背に立った。受刑者らが気遣っているのは、やはり年少組のことだ。役人は、これらは大事の前の些事として希望を入れた。

彼等は、旅の途中、取り乱すことなど一度もなかった。しかし思いがけない叫びを聞いて、動揺しないか、恐怖することがないか心配だった。そこで、できるだけパードレの身近に置き、やさしく励まし、声をかけ続けた。

磔刑者は、柱とともに高く掲げられ、長崎の町を見下ろした。刑吏が何人か、槍を突き出し立った。

長崎奉行寺沢広高が「開始せよ」と、合図する。刑吏達は、無表情に刺殺作業を開始した。六番目、パウロ三木は、高い位置で昂然と微笑んでいた。太陽が中空にさしかかり、まばゆい。群衆や役人に朗々と語りかける。一層、自信に満ち、天を仰ぎ、額を輝かせていた。

「われらは、デウスを信じ、教えを伝えたが為に磔となり、槍を受けます。デウスの教えに従い、太閤殿下もすべての役人を許しましょう。磔刑に処せられることを栄光と思います。しかし、皆さんにご承知願いたいのは、この国の迫害は、今、始まったばかりだ、ということです。迫害の時代はこれから始まりましょう」

パウロ三木は、肩幅広く立派な体軀の持ち主だった。美しい、よく透き通る声で叫んでいた。高く掲げられた柱の上から、アントニオが、竹矢来の外にいるのを目の隅に認めていた。

左右から刑吏が、槍をパウロ三木の目の前に交差して差し出した。ついで槍の穂先が右のわき腹に当てられ、突き上げられ左肩に抜けた。間髪を入れず左わき腹からも槍が入り、右肩に抜けた。パウロ三木の肉体は斜め十文字に刺し貫かれ、二本の横木のある十字架に、高く張り付いていた。血が四筋滴り落ちた。

淡々と作業が続く。が、矢来の外の喧噪は高まった。泣き叫びが、天を聾し、地の草木を靡かせた。

九番、十番……

作業は、群衆の不意の騒ぎを恐れたか、素早く、およそ半刻余で終了した。おびただしく血のしずくが流れ落ち、雑草の葉を染めた。矢来の柵外の群れは、われ先に柵を潜り抜け、駆け寄り、布切れを血に浸した。役人達は、群衆を棍棒で追い払おうとするが、彼らは、棍棒の下をかい潜り駆け寄った。着物の血の裾を千切り取り、家に持ち帰ろうとした。

目撃したあるパードレは、ローマの友人に書簡を送った。

『……珍しく美しく晴れ渡り、海も静かだった。二十六人は、この日、長崎の町を祝福しているように見えた……』

七

わが肉は、虫と土塊とを衣となし。

ヨブ七—5

長崎の辻で、アントニオは、ぎょっとして立ち止まった。その女と、偶然、今日も二度、その前にも一度、出会っている。黒々とした長い美しい髪を持っていて、古代紫の被布で面を包んでいた。とかく、良からぬ噂もある女だった。一飯を得るために、春を売るというのである。

そうではあるまいという者もいる。要するにそういう類のつまらない噂話だ。しかし、尻軽女の感じではない。どちらかというと、沈鬱な表情の女である。

言葉を交わしたのは、今朝、ある小さな集会で出会ったのが初めてだった。同じ方向へ歩き出した。

「今夜、帰る所がない」

と、他人事のように呟く。

「どこから来た」

「摂津」

三箇と指呼の対岸である。その父はアウグスチノ小西行長の家臣であり、肥後宇土城下に移住した。主君の勧めもあって、一家でキリシタンとなったという。行長の滅亡後、一家は離散した。自分ひとり長崎に流れて来て、親戚の家に寝泊りしている。しかし、キリシタンなるがゆえ、転ぶか、さもなくば家を即刻、出て行けと、毎日、責められているという。

「マグダレナ」

といった。陰気な表情だが、時として目元が優しく柔らかく小さく動いた。その優しげな目もとが妙に心を引きつけた。

「もし帰る所がないのなら、いっそ、おれの所へ来てもいい。といっても、人が住めそうにないひどい所だが。もし我慢できるなら」

マグダレナは、驚いて目を当てた。少し軽侮の色を見せていたが、

「いいわ、どんな所でも、我慢できる」

と、うっすら涙を浮かべた。同棲生活は、言葉を交わした、その日から始まった。アントニオは三十六歳になっていた。マグダレナとは大きく年は離れていた。半分の十八歳である。

その夜、二人は、乾き切った心に水の沁みるように、枯草と藁の褥のなかに沈んだ。激しく転び合った。

「あなたの噂は聞いている。悪い話ばかり。裏切り者、詐欺師と、いいたい放題いわれている。あなた自身気がついていると思うけれど、でも、お互いか」

「勿論、分かっているさ」

二人は、顔を見合わせ、陰鬱に小さく笑った。アントニオは、率直に、事の次第を語る。

「パードレや仲間の消息を奉行所に売って、賞金稼ぎしているというのだろう。何故、つまらぬ噂が、ひとり歩きするのだろう。どこまで付き纏わるのか、蠅のように」

アントニオとマグダレナは、長崎郊外の農家の片隅、小屋が放置してあったのを見つけ、許しを得て住んだ。糞尿の匂いがひどく、異臭が常に漂っていた。森で木の実を拾い、草を摘み、海辺で貝や海藻を拾って身を養った。

アントニオが雨に濡れ、疲れて帰ると、マグダレナは、ときにその黒髪で足を拭った。

アントニオは、幼子が生まれたと聞けば、頼まれずとも行って祝福の言葉を述べた。病人ありと聞けば、望みを強く持つように祈りを捧げた。その病が重く、命旦夕と知れば、たとい地上の命尽きるとも、霊魂の不滅を説き、デウスの言葉を伝えた。

アントニオが訪れると、穢い者として入口に塩を撒き、拒む者も多い。その時は、一礼して素早く立ち去り、見えない場所で祈りを捧げた。アントニオは、イエズス会から追放された市井のイルマンとして働き、マグダレナは、これにつき従った。

八

元和八年（一六二二）二代将軍秀忠の時代である。パウロ三木の磔刑から、はや二十五年経っていた。

禁令は一層、厳しさを加え、目明しが町中を徘徊し、潜伏のパードレやイルマンを次々と捕縛した。

「誰か奉行所と通じる者がいるに違いない。とすれば、アントニオ三箇なる者が怪しい。あやつは、正体の判らない奴よ、偽善者よ、詐欺師よ」

三箇にいた頃から引きずってきたあざけりが、羽虫のように執拗に付き纏う。のみならず町を歩いていると、突然、石礫が背後を撃つこともよくあった。危うく難を避けて振り向くと、姿は見えない。

　気弱で育ちのよいアントニオは、人にとかく利用されやすい一面もあった。疑惑に包まれる理由の一つは、ここ長崎の地で、信者間の金銭や家や土地の貸借、訴訟の紛争に巻きこまれた事が幾度かあった。思い起こせば、その労苦の報酬が、偽善者、詐欺師という理由なき、あざけりだった。


　イエズス会から追放されたアントニオには、噂の火元を消す立場の者がいない。組織から追われた一匹狼であり、群れの多くは、アントニオの窮地を知っていて距離を置いた。

「どうすればよいのか」

　何をするにも、道は塞がれていた。マグダレナはいう。

「あなたは試されている。悪に魅入られている。避けようとすれば益々つけ込まれる。逃げようとすれば、悪は追いかけてくる。ただ一筋にデウスを頼みまいらせ、前向いて、戦うしか道はない」

　アントニオは、朝夕、町角に立った。道行く人々に語りかけた。

「自分は世の滓《かす》、人間の屑です。恥ずべき人生を送ってきました」

　人々の群れは顔をそむけた。アントニオは、今までの生きざまを率直に語った。世間に、そのままを曝そうと試みた。

行き倒れの老婆が、一杯の水を乞うのを無視して逃げたこと。少女をかどわかし、食も乏しく斃死せしめたと語った。その財貨で、無為遊楽に過ごしたと語った。ならず者の仲間に与《くみ》し、賭博に耽り、争いに巻き込まれたと告白した。

これらは、すべて自分の犯した許されぬ罪です。と、道行く人々に語りかけた。涙が溢れ、頬を伝った。故里の幼き友、パウロ三木が西の坂で磔刑となったが、自分のみ生き残り、生き恥をさらしていると語った。

自分は、愚かでまことに罪深い、卑怯者、世の滓、人間の屑だと繰り返し語った。雨の日も、風の日も、辻に立った。マグダレナは、傍に寄り添った。

「三箇のその娘を死なせたことを、あなたは、私で償おうとしている。痛いほど分かるの。私はその分、幸せを得ている」

マクダレナは、微笑を湛えた。

「おれの心は、太い錐で刺されたような深い傷が残っている。傷はますます新しく深くなってくる。その娘は、まさしく自分が死なせてしまったのだ。その娘は、常に自分は粥の上澄みのようなところを食し、この俺に、濃い部分を与えた。おれは、それに甘んじたのだ。今も毎朝、思い起こす。忘れられないのだよ。思う度に胸が痛む。涙が滲む。自分の怠惰が、あの娘の命を奪ったのに違いない。若芽を摘み取ったのは、この自分だと思っている。あの時の村の老いた医師も、そのような非難の眼を、ぞっとするような眼を俺に向けた。罪の意識の深さは、本人にしか分かりようがない」

アントニオは、眼を潤ませ、顔を覆った。

アントニオは、奉行所に、自分は禁制のキリシタンであると、書面で届け出た。これからもキリシタンとして生きる決意と、たとえ火炙りにされようと、決意は変わらないと書いた。これは、奉行所に対する挑戦ともとれた。

イエズス会にも、同様の書面を差し出した。自分の犯した罪を忘れ、信仰者としてあるまじく、教えを忘れ、神を呪い、恨んだこと、信仰を怠ったことを率直に記した。イエズス会に復帰は求めず、ただひたすらに許しを乞うた。自分は、世の滓、人間の屑だと告白した。しかし、イエズス会からは何の返事もない。組織から離れて存在することの、又、孤立して存在することの寂しさを、痛いほど味わった。


毎日、雨の日も風の日も、朝夕、夫妻が立ち、デウスの福音を伝えるとともに、自らの懺悔を語るのが見られるようになった。高札に、犯した罪の深さを墨書し、告白した。

道行く人々は、彼らを見ると目をそむけた。穢れたものでも見たように、袖を引き合い去った。人々は、耳を塞ぎ、俄かに足を速め、逃げるように去る。

幼く祝福を受け、成人するにおよび、自由な自身の決意で信仰告白したこと、しかし河内三箇にある時は、愚かな傲慢による信仰の怠り、無頼な日常の遊惰を語った。これらの罪を心より懺悔し、この世に生かされてある限り、僅かでも、福音を伝えたいと、決意を書いた。生涯、棄教する気持ちなど毛頭ないこと、火炙りを恐れるものでないと高札を掲げた。懺悔をとめどなく語った。人々は、二人を遠く見ると、それだけで道を変えた。

書面を受け取った役人はあざ笑った。

「その方は、すでに背教者ではないのかね。イエズス会は、知らぬ人と、そっぽを向いている。群れから村八分と見捨てられているようだな。教会から離れたキリシタンは、誰からも相手にされず、何の価値もないと承知している」

「愚かな私はデウスの教えに背き、罪を犯しました。しかし、今はその罪を心より悔いています」

そういうアントニオの心は痛んだ。

「その方は、河内の名門の一族とわれわれは承知している。別扱いしたつもりだ。これまでにも度々いっているように、活動をしないと約束するなら、われわれは見逃すつもりだ。キリシタンだったことも忘れよう。この意味が判らないのか」

奉行所は、取引を匂わすのである。

「私は、地上の生命が与えられる限り、教えを守り、伝えることが与えられた使命と思っております。しかし、今は磔刑の光栄を願っております。私の決意は変わりませぬ。奉行所が、都合よく私を利用し、裏で通じているかのごとき噂を流しているとしても、その卑劣な策謀を許しましょう」

「そこまでいうか。ならば、その方の妻も共に捕え、処刑しなければならないが、それでもよいのだな」

「妻も、奉行所と通じているかのごとき流言に惑わされることなく、似非キリシタンのごとき疑惑を晴らせるならば、死を恐れるものではありません。むしろ十字架に架けられることを栄光とし、心より望んでおります。処刑されることによって、名誉が回復されるなら」

アントニオは、自分の犯した罪を行き交う人々に語りかけた。

「三箇にあって一人の娘を、食も充分与えず、貧窮のうちに死なせた。すべて自分の許されない悪」

と語ると、人々は、耳を覆い身震いして去った。

二人の住む小屋を捕り方が包囲する日がきた。アントニオと、マグダレナは望んで縛についた。

二人は長崎の獄舎に隔てられ投ぜられた。奉行所の膝下の牢内にあって、盗賊や人殺しの罪の者に、アントニオは、主の教えを毎日、語った。牢内は取り締まりの盲点だった。

「人の世は過ぎ去っても、デウスの慈悲は、永遠に変わらじ」

最初、冷笑していた牢内の罪人たちの何人かが、アントニオの説話に耳を傾けた。懺悔すれば、罪はすべて許される、永世の生が約束される、と語りかけた。

「いかなる幸いにも値せずといえども、デウスの哀憐は、われらを世の終わりに救いたまう」

牢内の罪人で、天竺宗に帰依すると告白する者が次第に増えた。アントニオは、形ばかりながら彼らに洗礼儀式を行った。イエス・キリシトの肉を共に食し、血を共にわけ頂く儀式も行った。

「長崎の牢内は、キリシタンの巣窟」

この事実を幕府が察知し、許す筈もなかった。大村藩の牢にも多数のキリシタンが捕縛されていた。幕閣は、長崎奉行に、

「大村のキリシタンを長崎に移送し、合わせて処刑すべし」

と命じた。

「死を恐れぬ宗門を邪宗となす。火刑とし、魂魄の片々も焼き尽くし灰とせよ」

これが幕閣、学者の意見で、将軍秀忠は彼等の意見を入れた。民衆に見せしめ、嫌悪を抱かす政策である。

九

九月九日、大村領の三十三名と、長崎の二十二名合わせて五十五名の刑殺が執行されることになった。アントニオ五十五歳、その妻マグダレナは三十七歳である。アントニオが導いた者も、

何人かいる。

刑場は、かつて、三箇の友、三木パウロが殉教した西の坂から、百五十歩離れた場所である。二組に分けられ、アントニオら男子二十五人の火刑と、同時にマグダレナら婦女子、病人らを含む三十人の斬刑が執行される。斬刑に老若あるいは婦女子が多いが、殆どがパードレを匿った廉《かど》による。

アントニオら火刑の者二十五人は、二列に並び、海が見渡せる丘に立った。

マルチル、この不気味な響きの囁きが、地底から湧き上がるように伝播して、刑場の丘を数万の群衆が取り巻いた。海にも、多数の小舟が浮かんで、丘を望んだ。

薪が積み上げられ、アントニオの足元から、ゆっくり煙が立ち昇った。苦痛を長引かせ絶望の誘惑にさらすために、時々、水がかけられて火勢を弱めた。焼くというより、時間をかけて、炙り、炒める。

藁縄は、ゆるく縛られた。火がつくと燃えて結び目は解ける。逃げようと思えば、逃げられる。

「転ぶと叫んで逃げてよい。命は助ける」

刑吏の頭、助太夫が、誘惑するように叫んだ。命は助けるが、一旦、柱から離れたら最後、転んだと見做しあざ笑ってやる。彼等の仲間も一斉に背中を向けるだろう。転んだ者は、仲間外れとなり、恥多い生涯を送る。

キリシタンになって日の浅い二人が、自己を見失い、突然、縄目を振り払い、駆けだしていた。

赤い敷物に居並ぶ長崎奉行や、平戸、大村藩家老たちの面前を走りぬけようとしたが、直ちに刑吏が追い、連れ戻した。

アントニオの隣に立っているのは、イエズス会士だった。アントニオは、イエズス会士と並び立っていた。このささやかな事実に、密かに満ち足りた思いがあった。

「許された。受け入れられた。名誉は回復された」

繰り返し、繰り返し、心は叫んでいた。


パードレの手記。

『誰かが歌い始めた。他の殉教者たちがこれに和した。矢来の外や、海上の小舟のキリシタンたちも和した。聖歌は、恐怖と苦痛を打ち消すように何回も繰り返された。あるパードレは、奉行の権六や平戸藩、大村藩の家老たちに向かって何かを語りかけた。老齢のカルロ・スピノラ師が一番先に絶命した。アンゼロ・オルスッシ神父は一時間半の後に息を引き取った。フランシスコ・デ・モラレス師は、火が身近にとどかないのを見ると、自ら縄の端で火を近づけるようにし、苦痛を受けたいという真意を示した……』

アントニオを縛っていた藁縄の結び目は、すべて焼けて解け落ち、全く自由の身になっていた。火勢を弱めるため、更に水が掛けられた。助太夫が、再び声高に叫んだ。

「転ぶと叫んで逃げてよい、命は助ける」

アントニオは、ひざまずいて、肉体を柱に預けた。両腕を柱に回し、離れるまいとしっかり抱擁した。


同時に、マグダレナから、斬刑の者は、名を呼ばれた順に引き出されていた。マグダレナの控えの小屋は、アントニオとは五十間と離れていない。薄煙がたなびき、異臭が漂う。狭く低い板小屋の中は煙にむせる。マグダレナは、両掌を堅く折れるばかりに組み合わせ祈っていた。火刑は、なお続いている。

マグダレナの控える板小屋に、刑吏の草を踏む足音が近づいてきて、影が入口を遮った。

「二十五番、アントニオ三箇の女、マグダレナ」

名が呼ばれた。海辺から、強風がひとしきり崖を吹き上がってきて、たなびく薄煙と、地の塵を薙ぎ払った。マグダレナは長い黒髪を整え、身を繕い、小さなロザリオをしっかりと握りしめ、地に伏し、天を仰ぎ、懸命に最後の祈りを捧げていた。

「サンタマリア様、頼みまいる、わが夫アントニオを許したまえ。深くご哀憐を、深く御慈しみを注ぎたまえ」

マグダレナは、わが身のことを、すっかり忘れていた。夫アントニオが許され、天に迎え入れられることのみ乞い願っていた。

「はや立て、マグダレナ」

刑吏は、叱咤し荒縄を打った。

参考および引用図書

『河内キリシタンの研究』八尾郷土史料刊行会

うもんさと、なぎさ

一

残雪の汚泥にまみれ、蝦蟇《がま》のように蹲っていた、うもんさは、誰にも気取られていないことを確かめると、俄かに跳ね起きた。

うもんさは、宙空に向かって矢を番《つが》えた。宙空は、薄墨を刷き、氷雨が舞っている。

二の丸の城塀裏の片隅である。城塀といっても、松厚板と丸太を組み合わせ、土を塗り込んだだけの応急の造作物だった。


倭小な肉体、短足だが、灰色の短衣、帯一本、腿引きの姿で、見かけによらず敏捷だった。矢軸に重ねた朱の筒に、内通の絵図と文の紙をしっかり巻き込んでいた。

下唇は、ぶ厚く、だらりと垂れ下がっている。唾を飲み、顔を真っ赤にし、湾曲した短足を踏ん張った。

宙空の彼方には、九州諸藩の包囲軍が、こちらに向かって、重厚に布陣して威圧していた。旗幟が、数百、数千、色とりどりに、華やかに織りなし翻っている。

陣営の幕舎の内側の各所から、申し合わせたように薄煙が立ち昇っていた。夕餉の炊煙に違いなかった。うもんさには、これ見よがしの、見せびらかしに思える。うもんさだけではない。城中の誰からも、そう見えた。

この内側は、干し殺しの飢餓が、泣いても喚いても容赦なく、確実に迫ってきているというのに、囲いの外は、豊かな炊煙を昇らせている。

この、薄っぺらの板囲いを境に、何と馬鹿げた隔たりなのだ。地獄と天国でないか。うもんさは薄笑いを浮かべた。何故なのだ、と、呻いた。フン、神様ば、気まぐれなこつなさる。何故、こげん不公平を、許されるのか。

二の丸正面には、島原松倉藩、更には佐賀鍋島藩が陣取っている。三の丸正面には、細川藩が、武芸者宮本武蔵らを含め、二万三千五百の大兵を率いて陣取っていた。更にその背後の小高い丘には、幕府上使、松平伊豆守が、紅白の幡幕を張り巡らし、各藩を見下ろし、督励、監視していた。その総数、十二万余である。

対して、城内に閉じ込められているのは、老人、女子供、病人、島原、天草の百姓、小西、天草浪人で三万七千である。

うもんさの番えた矢軸の朱の筒に、包み込まれている小さな紙には、底をつき始めた米穀の蓄えの状況と、城内へなだれ込む攻め口や、手薄の箇所が、書き込まれていた。うもんさは、絵師である。その見取り図も、文も簡略で的確だった。

包囲軍に利す、城内の内情を、矢文に託そうとしているのである。結束の城内に、ただ一人、背信の、奇怪な行動の機会を、先ほどから窺っていた。

いつ頃からか、正体の知れぬ、鬼の如き何者かが、うもんさの頭の片隅に棲み着いていた。闇の中から、うもんさに甘く誘うようにささやきかける。

包囲軍に、城内の状況を知らせてやれ。早く終わらせる為じゃ。衆生を救うためじゃ。それが、天から与えられたお前の役割ぞよ。お前が選ばれたのよと、唆す。裏切りは、辛い役割のようだが、誰かがなさねばならぬ、と、闇からの声は囁く。裏切りは、怖いが甘美な水ぞよ、愉しいぞ、とも、囁く。うもんさは、自身の心の中の勝手な動きを怪しむ。うもんさは囁きに向かって呻く。

「おまんは、何者か」


番えた矢を、正に放とうとすると、邪魔が入った。

誰かが来る気配を感じた。番えた矢を、一旦、隠すように地に置いた。同時に、ひりつくような渇きを覚え、雪混じりの溜り水を掌に掬い、二度、三度、喉を潤した。

三人一組の民兵が、見廻っていて、近づいてきた。

うもんさは、蝦蟇のように蹲り、さりげなく彼らをやり過ごす。

民兵といっても、百姓か、百姓身分の者たちで、多く白の鉢巻き、白の着物、白の羽織、白の腿引きという、決死の覚悟を表わす白装束である。兜をかぶった者は、兜の上から白鉢巻を巻いていた。更に、吹雪を避けて蓑笠や、油紙で身を覆っていた。

野良着姿のままの者もいる。着のみ着のまま、この廃城址に駆け込んだ者たちだ。追い込まれて、あるいは、閉じ込められて、といってもいい。白装束でない者は、白襷を掛けている。旋風のように巻き起こった騒ぎに、理由も充分飲み込めぬまま、この廃城址に集まった。

白地の小さな旗差物を手にしている。襟に差している者もいる。旗印は、白い布にクロスを縫いつけたり、戦士の象徴として、使徒ヤコブを描いていた。多く、うもんさの描いたものだ。

うもんさは、若くから仏画を描いて、生計を立てていた、達磨大師や地獄絵を描いていたが、地獄絵は、秀抜と評判となり、飛ぶように売れ、依頼者が後を絶たないほど人気が高まった。が、近年は、乞われるままに、キリシト本尊を描き、マリア観音を描いて、南蛮絵師と呼ばれるようになった。

城内の民兵の主な武器は槍だが、使いこなせるというわけではない。ほかは、脇差、鍬、鋤、竹槍、木剣や、棒切れなど手当たり次第である。

鉄砲だけは、千余挺と大量に保持していた。各自、家から持ち出したり、代官所を襲って奪った者もいる。猟師や、鉄砲鍛冶を職としている者もいて、射撃には長けていた。

屈強の身動きを見せる者が、混ざっているが、彼らは小西浪人か、天草浪人で、百姓衆の指揮に当たった。

うもんさと、そのひとり娘のなぎさが、この城に入ってしまったのは、この島原半島南部の口之津への旅の途中のことで、旅装のまま、ごみのように、奔流に巻き込まれて流れ込んだ。


うもんさは、自分の挙動を、誰にも怪しまれていないか、確かめる。起き立ち、夕闇に向かって、矢を再び番えた。

城塀の外側は、空堀となっていた。弾丸よけの竹束を楯に、松倉藩の兵が、かなり接近していた。彼らの中へ、うまく落下するように、精一杯の力を込めて放った。矢勢は、強くはないが、それなりに夕闇に消え去った。


包囲の敵に利する情報を送っているが、回し者ではない。誰に頼まれたというわけでもない。が、うもんさは、何かに急きたてられるように、矢で、刻々と城の内情を送り続けてきた。

うもんさは、自分の送る情報によって、城内の運命が、どう変化するのかと想像する。吉か凶か、緊張感で、ぞくっと、性交のときに似た戦慄が、背筋から脳髄を貫いた。

矢文。

『松倉藩、目付様
やむなき仕儀にて、籠の鳥となり申し候、心中ご推察くださるべく候。城内の米麦、雑穀、残すは、僅か、飢え死に目前なり。燃す板切れなし。自滅は、自然のなりゆきなれば、無理攻めご無用か。せめて、女子供は、はやばや見逃し候え』

無名の矢文である。誰か不明だが、内通者がいる。包囲軍は訝った。

包囲軍は、意外に手ごわい反撃に手こずり、干殺しに転じていた。戦いは、もっぱら矢合戦となった。時折、城内の見取り図や、内応らしき、無名の、巧みな絵図と共に、妙な矢文が入り混じって、再々、射込まれてくるのに気づいている。

包囲軍が、最も知りたいのは、城内の兵糧の残りの日数である。うもんさの放った矢文は、これまでにも、数多い。その特徴ある、達筆の内通ともとれる矢文には、すでに包囲軍の内部で話題となっていて、

「何者か」

と、目付は訝った。その動機も分からない。攪乱でもないらしい。

「あの絵師うもんさに違いなか」

と、いう者が現れた。

「誰か、そのうもんさとかに手ばまわしたとか」

目付は、軍議で問いただすが、誰も心当たりがないという。攻め口の絵図もある。何のための内通か、手引きか、皆は訝った。


二の丸正面の島原松倉藩は、苛政の遺恨深い、今度の一揆騒ぎの元凶である。二千五百の兵を張り付けていた。矢文は彼らの手に落ちるはずである。

うもんさは、二の丸のほか、三の丸の塀裏の状況も、知る限り、刻々と矢文に託した。三の丸塀裏は、低地になっている。いずれ主戦場が予想される場所である。

矢が、夕暮れの空に吸い込まれて消えた時、うもんさは、小便を漏らした。腿引きの前が、ぐっしょりと濡れた。ついで、射精していた。脳髄がしびれ、腿引きは、ぐずぐずになった。これまでも、矢文を放ったとき、その度に何か、ぞくっとする意味不明の戦慄が走る。この感覚がうもんさを更に駆り立てる。媚薬に似た悪への誘いとはこういうものか。

この内通の事実を、一揆の指導者、軍師の森宗意軒や、侍大将の益田甚兵衛らが知れば、どのような表情を見せるだろうか。いや、その前に、殺気立った白装束の民兵に撲殺されるかも知れない。

うもんさの描く地獄絵図が、間もなく、この城内の地上に現出されるだろう。うもんさに、それが見える。が、ほかの誰にも見えないという。誰も、そのことを知ろうとはしない。知ることが、恐ろしいのに違いない。うもんさは、それが苛立たしい。

修羅道、餓鬼の地獄世界が、鬼となって姿を現すだろう。うもんさに、はっきり見える。

うもんさが、もの思いに耽りかけていると、背後から、黒い影が、ずしんと、体当たりに襲ってきた。うもんさは、強い力でぐいぐい首を締め上げられた。

不意を突かれて、うもんさは、声を絞った。

「なにば、すっとか」

振りほどこうと、うもんさは、真っ赤になってどなる。

相手は、ぐいぐい締め付けてきた。

「この裏切り者め。許せん、殺す」

相手は、低い声で、耳元で囁いた。強い力の持ち主だった。到底、うもんさごときが戦える相手ではなさそうだった。

だが、背後から襲ってきた影は、なぜか、手をゆるめた。

手加減がなければ、瞬時に絞め殺されているところだ。

「わしは知っとるぞ、うもんさよ、前から怪しいと思とったけん。皆に知れたら、八つ裂きぞ。なして、そげなこ汚ねえ真似するか。その罪は、分かっとるとか」

その声で、襲ってきた男の正体を知った。

「ごろうざだな」

よく知った仲、喧嘩した仲、幼な馴染みである。

「おう、そうよ、この裏切り者め。わしらを欺いていたとか。前から怪しいと思とったぞ。皆に知れたら、間違いなく首根っこをへし折られるぞ。その前に、わしが絞め殺してやらあ」

「おら、裏切り者ではねえ。信ずることをしているまでよ」

「理屈はなんとでもつく、なら、なして、こそこそするか」

「何を知っとるとか」

「知らいでか。先ほどから、後を付けとったのよ。やっぱり、回し者だったな」

「いや、回し者なんぞじゃねえ」

又、ぐいと締め上げられた。うもんさは、すきを見て跳ね返した。二つの影は、組みつき、もつれた。

氷雨が、ようやく収まってきた。ごろうざは、口で殺すといいながら、力を抜いていた。

組みうちに疲れ、二人は、濡れた土の上に、ごろりと上向きに転がった。

「のう、うもんさよ、なして、そげなこつするか。内通ば、卑劣なこつするか。背信ぞよ、裏切りぞよ。サタンに魅入られたな」

「裏切りとは思わん。はよ、終わらせるためじゃ」

「なら、皆の純な、決死の覚悟をなぜ、こけにするか」

「いや、間違った意地よ。こげな戦さ続けても、犠牲は多くなるばかりじゃ、孤立無援じゃろうが。後詰あっての籠城というもんじゃろうが。勝つ目途など、皆無じゃろうが。皆、犬死にするだけよ」

「へ理屈こくな。やい、白状せい。誰に頼まれたとか。金ば、もらったとか。それとも、自分だけ助かりたいか」

「いや、誰にも頼まれん。助かるためでもなか。ごろうざよ、お前は、盲目か、本当に何も見えぬか」

「お前こそ、何が見えとるとか。おらには何も見えんわい。裏切りは汚ねえ、最大の罪だぞ。うもんさよ」

「盗みよりか」

「おうさ、当たり前よ」

「人殺しよりも」

「おうさ」

「みな殺しにされても、よかと」

「それとこれは、別もんよ。うもんさよ、お前は、子供の時から、人の、逆、逆とやりたがる。皆の反対ばかりやりよったけんな。ひねくれもんで、皆の裏ば掻きよったけんな。その悪か癖、まだ治っとらんばい。いつも、一人だけ、除けもんになっとった。ばってん、お前とよく喧嘩したがのう、どうも憎めんかったんよ、じゃけん、今度だけは誰にも知らせないでやる。今度だけは」

「お前の勝手だがの、デウスは、初めから、良か人間と悪か人間の二種類をば造られたんよ、おらは、その悪か方よ。ばってん、仕方なか。それはそうと、この島原は、なぜ、こうなったんじゃ。おら、旅の途中に巻き込まれたけん。よく分からんこつあるが」

ごろうざは、答える。

「年貢のぎりぎりは五公五民と、大昔から決まっとるばい。そいを超えると筵旗《むしろばた》が立つ。そいが、百姓の掟ちゅうもんよ。そいが、百姓が生きるか、死ぬかの、ぎりぎりの線よ。ばってん、松倉藩は、種米までむしり取ろうとしたんじゃ。九公一民じゃけん。百姓の掟を、奴らは踏みにじった。筵旗立つのは、あたりまえばい。覚悟の上たい。百姓の怖かとこよ」

ごろうざは、口之津の根っからの百姓だ。べっと唾を吐いた。

二

天草四郎ことアンジョ四郎が矢傷を負ってから、一旬経った。

矢は、肩に鋭く突き立ち、貫いた矢先が背後から見えた。しかし、幸い、急所を外れており、早く抜き取ることができた。鏝で傷痕を焼き、酒で洗った。やがて傷口は塞がり、癒えつつあるかに思えた。傷口が痛むのも少なくなったようだ。

だが、それきり、四郎は、なぜか板小屋に籠り、寝たきりになってしまった。起き上がれないのか、体の具合いが悪いようにも思えない。だが気力を失ったように、絹の布団に包まり臥せっている。

四郎は、体格や顔立ちはよいが、ひどい痘痕面《あばた》だった。小さいとき、疱瘡を患った廉《かど》である。雲仙の山肌のように、ひどい、ざらついた面体だった。今は、特に老けて見えた。十六歳というのに、顔は蒼黒く、老人に見えた。

四郎の、放心したような沈んだ様子を見ていると、側に仕えている、なぎさは、自分が悪いように泣いてしまう。なぎさは、南蛮絵師うもんさの娘である。城に追い込まれるように流れ込んだ騒ぎに、分かれわかれになってしまっていたが、誰かの指図で、四郎の身の回りの側女に召しだされたのだった。

「自分が戦さに出ても、何も役立たない」

四郎は、ぽつりという。

「皆の衆は、自分をアンジョ（天使）と信じているようだが、ただの人の子さ。自分が前に出ても、いずれ、失望に変わるだけだ、そのことは、自分自身が一番、よく分かっている」

四郎は、悲しそうにつぶやくのみである。

「眼を閉じて、何を考えとるとですか、何が見えるとですか」

なぎさは、前から気になっていた。

「白い一面の浜辺が見えてきて、俺はその砂の上に正座する。マリア様と、ただ一途に呼びかける」

「……」

「砂浜は、白銀に輝く。日輪が、真上に大きく覆いかぶさる。日輪は段々大きく身近に近づいてくる。その真ん中に、白い衣を着たよか女人が現れ、やさしく、微笑みを浮かべて、近づいて、話しかけてこられるのよ」

「まことに、現れるとですか」

「熱心に祈れば、必ず会いにきてくださる。それを楽しみに、眼を閉じて、祈っているんよ、必死に願っていると、必ず、お姿を見せてくださる」

なぎさは、泣いた。

側女となってから、ずっとその繰り返しだった。無口な四郎の姿を見るだけで、何故か、悲しみがこみ上げる。四郎の背中から、寂しげな、救いがたい陽炎《かげろう》のようなものが立ち上がっている。

四郎の頰はこけ、背中は、生きるのに疲れ果て、重荷を背負って希望を失った老人のように、悲しみが、色濃く滲んで見えた。なぎさは祈る。

「マリア様、どうか、四郎様に力ばお与えくださいませ。四郎様は、アンジョ（天使）に上げられて、きっと、お困りに違いありませぬ。いま、床に伏して、起き上がろうとなさらないのは、きっと、その重みの為に違いありませぬ。皆の衆の期待に応えようと、御身を削られているに違いありませぬ。何とぞ、何とぞ、四郎様に、力ばお与えくださいませ。天の軍勢を、お遣わしくださいませ」

眠っているように見えた四郎が、夢を見ているように呟いた。

「口づけしてくれんか」

なぎさは、驚いて四郎の寝顔を見つめた。悲しみが海藻のように漂って見える。

「口づけしてほしか、と、いうとる」

いわれるように、顔を近づけていた。

粘っこい温かい感触が、口中に広がり、喉元を過ぎ、五臓の方に伝わっていった。危うく叫び出しそうな、歓喜が、なぎさの全身に満ちみちた。

四郎は、もともと口数が少ない。無口であることが、皆の衆に、神秘性を与えているらしかった。今は、一層、口を利かなくなった。声をかけても、生返事をするだけだ。本心がいずこにあるのか、なぎさには分からない。

本丸に近い平地に、石垣と松に包まれて、四郎の住む家が拵えてあった。入口に、大将旗が立て掛けられ、周囲に、何人かの民兵が、旗を守っていた。大将旗の、聖体拝受賛仰図は、なぎさの父の、うもんさが描いたものだ。デウスの血の盃と、それを拝受する信徒を描いた見事な構図だ。

うもんさの地獄絵は、牛車《ぎっしゃ》ごと、火に包まれた女人図や、地底に蠢く、何百人もの悪人の群れを、精細に描いた。悪人の群れには、貴人や、あきんどや、盗賊や、武士や、あらゆる階層のあらゆる職業の人間が蠢いていた。

前非を悔い、天を仰ぎ、助けを求めている絶望の群れの図である。飢えに苦しみ、水に渇く群れである。我欲、我執に蠢く群れを描いた。修羅道、餓鬼道に貶《おとし》められている群れの世界を描いた。

これまで何百枚も、地獄絵を描いたが、一枚として、同じ構図はなかったが、ひとしく人の群れが飢えと渇きと、生前の罪業に悔やみ苦しむ姿を描いてきた。

四郎の急拵えの板小屋は、二十畳、十畳敷きぐらいの広さの板敷きの部屋と、ほかに小部屋があり、さらに広い土間があった。一番広い部屋に四郎は寝ていた。

夜、なぎさは小さい部屋の片隅でひとり仮眠した。昼は、終始、広い部屋の四郎の寝ている傍に座り、付き添っていて、泣くか、祈っていた。祈っては泣き、泣いては祈った。四郎の寝顔を見ていると、何かしら、無性に悲しみが込み上げてきた。

四郎は、総大将ということだが、実戦は、軍師の森宗意軒や、四郎の父、侍大将の益田甚兵衛が指揮を執っていたから、四郎は寝ていても、戦さには、何の支障もない。何の影響もなかった。

ときどき、宗意軒と、甚兵衛が、連れ立って小屋に姿を見せた。その時だけ、四郎は、体を起こそうとした。が、彼等は、

「無理せずともよか。そのまま、そのまま」

と、四郎を押しとどめた。

四郎は、それでも、体を半ば起こした。

「傷は痛むんか」

「いえ、もうあまり痛みません」

四郎は、すまなさそうに、頭を下げた。

「戦さのことは、気にせずともよか。われわれで戦い抜く。覚悟は定まっておる。充分養生しておれ」

と、彼らはいった。

「申し訳ありません」

四郎は、更に深々と頭を下げた。

総大将の四郎がなぜ謝るのか、戦況報告など、彼らは何も知らせようとしなかった。尤も、聞かなくとも、四郎には、すべて察していて分かっているらしかった。無口だが、四郎は聡明な少年だ。

彼らが去ると、また、絹の布団を、そっと被って横になった。それっきり、寝ているのか、目覚めているのか分からない。

布団から顔を出しても、いつも、眼を閉じていた。眼を開いている時も、屋根裏の辺りを、虚ろに見やっていた。そんな、四郎を見ると、なぎさは、又泣いた。涙が、止めどなく自然に溢れるのだった。

傷口は、かなり癒えている筈なのに、四郎は決して起きようとしない。言葉は少ない。

なぜ立ち上がらないのか、しかし、何となく、判らないでもなくはないようになった。

「お食事を」

と、朝と夕べに膳を勧めると、

「うん」

と、ひと言、答えるだけである。薄い粥を啜った。粥を濃くすると、叱った。

「皆の衆に悪か」

と、いう。

四郎は決して臆病者ではない、と、なぎさは信じている。しかし、起き上がって、皆の衆の前に姿を現し、士気を鼓舞しようとしなかった。四郎が、皆の先頭に立つと、それだけで、城内の皆の衆は、歓声をあげ、士気が高まることは、なぎさには、よく分かっていた。

四郎は、絹の布団を被り、眼を閉じる。そして、なぎさは泣いた。

「泣くのはもう、よせ」

四郎はたまりかねて、ぽつりといった。しかしなぎさは、四郎の布団の側で、ずっと泣き続けていた。

「水を」

と、四郎がいったとき、なぎさは粥にした。四郎はそれが気に入らない。

「水でよか」

と重ねていう。だが、なぎさは、無理に粥にした。このままでは、四郎が飢え死にするのは分かっていた。四郎が、餓死を望んでいるのか、と、疑った。なぎさには、そう思える。自殺は、神様から禁じられているというのに。

「ずっと、側にいてくれて、感謝している」

四郎はぽつりと、いった。

「来世は、いや天国で、おれたち、どうなるんか」

四郎は、又、ぽつりといった。おれたちと聞いて、なぎさは、はっとし、面をあげた。

「いや、冗談だ。すまん」

なぎさは、また泣いた。なぎさも同じ十六歳だ。

「熊本に残してきた母者や、姉や妹たちは、どうしているのか。無事ではすまんだろう。さぞつらい思いをされているに違いなか」

四郎の目に、うっすら涙が滲み、頬に流れた。それきり、又、深い沈黙となった。

数日たって、四郎の父、甚兵衛が、一人で小屋に来た。なぎさのほかに誰も居ないのを確かめて、

「その方、まことに、起き上がれんのか。傷は癒えたのではなかか。そのこつ、不審に思って、本心を尋ねたくきた」

と、甚兵衛が声を潜めていった。四郎は、体を起こし、襟を正した。

「傷口は塞がりましたけん。痛みも殆どなかとです。ばってん、なんか気力がこんとです、立ち上がる力が湧かんとです。わがままでしょうが、どうにもならんとです。それよか、この度の戦さの大義は何とでしょうか。こんこと、前から、お尋ねしたかと思っとりました。教えでは、地の王に対し、武器を取ることを禁じている筈」

甚兵衛は、姿勢を正し、座り直した。

「お前を、天使となし、サクラメント（奇蹟）を行うなどと方便をいいふらしたこつ、さぞ辛かったろう。親として、このこつ、まず謝らねばならん。戦いの本義は、松倉藩の苛政に対する百姓の筵旗だ。百姓衆の多年にわたる恨みが、暴発したんじゃ。法外の年貢取り立てに、我慢しきれんかったとじゃ。百姓の怖かこと、松倉長門守に教えねばならんとじゃ。筵旗を立てた上は、引き返すことはならんばい。加えて、われらキリシタンの迫害もあった。雲仙での湯責め、指切り、駿河問いと称す、逆さ旋回吊るし、お前も、見たり聞いたり忘れることばできんとじゃろう。結束が必要じゃけん。そん為に、みんなと計らって、役割を担ってもらうことにした」

「それは、分かっとります。ばってん、噂のように、薩摩などの有志が動いてくれるとですか。援軍が来る見込みはあるとですか」

甚兵衛は、無言である。四郎は、それ以上は、何も聞かず、いわず、しばらく沈黙が続いた。

「ご公儀は、百姓衆に、どのような扱いをなさるとでしょうか」

甚兵衛はいう。

「こん城には、ゼンチョ（異教徒）が大勢おるけん。三分ほどは、ゼンチョに違いなか。あん人らは、南無阿弥陀仏や、南無妙法蓮華経の旗を堂々と立てとる。幕閣にも、これはキリシタンの立ち騒ぎではなか。百姓の筵旗一揆に違いなかとの意見が、多数あったようじゃ。ばってん、幕府は、百姓一揆と見做さず、キリシタン一揆と、無理やりに見做したんじゃ。その方が、都合がよいと、思案したのに違いなか。筵旗一揆は、治世者の、大きな落ち度となるんよ。咎めは為政者の側にもある。そんで、キリシタン一揆として、幕府は、一挙にわれらを潰すと踏みきったに違いなか」

「父上は、百姓衆の筵旗一揆の侍大将として戦っておられるのか」

四郎は尋ねた。

「われら小西浪人や、有馬浪人には、別の存念がある」

ここにきて、甚兵衛は、憮然として、複雑な心境を語った。二人は、又、黙ってしまった。

「こん戦さ、出口はなか。その覚悟は定めんといけん」

甚兵衛は、ぽつりといい残して、立ち去った。

なぎさは、隣の部屋で、じっと二人の会話を聞いていた。

四郎様は、まこと天使なのだ。天の御使いなのだ。心から、なぜか、そう信ずるようになった。

人の子ではない。油然と湧きあがったその思いは、やがて確信に姿を変えた。

なぎさは、祈りに祈った。

「ご在天の父なるデウス様。どうか、あなたの御使い、四郎様のために、天の軍勢を、はやお遣わしくださいませ。どうか、四郎様に力ばお与えくださいませ」

祈りに祈った。涙がとめどなく溢れた。

三

包囲軍は、幾つかの井楼を空堀近くに寄せ、高所から多数の同文の矢文を、城内に、ばらばらと射込んだ。

『百姓衆へ
兵糧、すでに底をつき候か。無駄な戦さを避け、武器を捨て、早々と、城から退去候え、百姓衆は一切、罪咎めなしと仰せ出されたり。ご安堵候え。各々の在所に立ち帰り、農作に励み候え。年貢は、三年の間、免除を仰せ出されたり』
城の中の民兵は、矢文を読み、顔を見合わせた。破り捨てる者もあり、そっと懐に隠そうとする者もいる。

包囲軍は、米穀の残りの日数を知るため、捕えた民兵の腹を裂いたところ、胃の中から出てきたのは、粟、稗、などの雑穀で、しかも、すべて生煮えだった。燃やすべき板切れもない、と知った。

戦さ働きできない女達には、雑穀も与えられない様子で、胃の中は海藻と魚介類だけだった。崖を伝いおりて、海辺で、拾うのであろう。崖から海に落ちる者もいた。

城から、迷い出た兵や、老人や、女子供を捕まえると、今は、生かして城の中へ追い返した。米穀を一粒でも多く、食い潰させる。

「こげな嘘っぱちに惑うな。わしらは、代官林兵衛門の頭を、西瓜を割るようにぶち割ったけんな、甘い飴でおびき寄せて仕返しする気じゃろう」

「わしは、家老の田中宗甫の泊っている宿に火を付け、石を投げつけて追っかけたんよ。罪咎なしなんぞに、騙されてたまるか」

軍師、森宗意軒は、総大将アンジョ四郎様のご指示と称して伝令衆を、各所に走らせた。

「矢文を拾った者は、直ちに本丸に届けよ。アンジョ四郎様にお届けする。敵は、おびき出す策略しゆえ、ゆめ惑わされるでない。欺かれてはなりませぬ。宗意軒」

しかし、兵糧が尽きたのは、いかんせん事実だった。その時は、おなじ死ぬなら総攻撃に打って出ると、打ち合わせはできていた。

矢文。

『二の丸塀裏、今、手薄なれば、はやばや、破り候え』

うもんさは、誰にも気付かれていないと思い、性懲りなく、矢を放った。が、背後から、又、黒い影に襲われた。首を絞められ、気を失った。

「もう許せん」

ごろうざは、怪しいと見て、ずっとつけ狙っていたのだ。今度は、容赦しなかった。森宗意軒、益田甚兵衛ら指導者の面前に、突き出された。

「取りあえず、牢に、放り込んでおけ。あとで吟味いたそう」

即座に、殺されなかっただけでも、幸いというべきか。うもんさは、半地下の湿っぽい暗い洞窟の牢に、蹴り込まれた。


松倉勢が、防備を知る為に、二の丸正面を攻めたが、簡単に撃退された。尤も、小当たりであり、松倉藩に死傷者は殆ど出なかった。

「手柄にならぬ戦さは、致さんらしいよ」

攻めたら攻めたで、包囲軍の他の藩から、松倉藩の陰口が叩かれた。諸藩は、松倉藩の暴政のとばっちりで、飢饉で財政が苦しいのに、更に膨大な出費が強いられていて鬱憤のはけ口がない。

百姓衆は、塀の裏からよじ登り、首を突き出して、松倉勢を挑発、囃し立てた。筆の立つ者が文を書き、松倉藩の陣営に向かって放った。

『松倉長門守様へ
年貢をなし候えと水籠に入れ、色々の究明にてお責め候に、ただ今も御責め候え、此度は少し目に物を見せ申すべく候、この度、お責め無きとは、御卑怯なり。百姓一同』

大百姓の与三衛門の嫁ごを、年貢取り立ての人質にとり、水籠にいれ、水責めで、ついに死に至らしめたことを、恨みとともに囃し立てた。その嫁ごは妊婦で、実家は、天草島にあった。

アンジョ四郎宛に、矢文が射込まれた。

『御大将、天草四郎時貞殿に、問い申す。城内に、切支丹門徒にあらざる者、多数、おり候わずに、無体に、邪宗門に引き入れ候や。仲間に引き込み候や。卑怯に候わずや』

朝、薄明かりの時刻になると、包囲軍の幕舎から、朝餉に、薄煙が立つ。一時的な、静寂がある。

この間隙を縫って、太鼓が数回敲かれ、三の丸塀裏から、時ならぬ、強い矢音と共に、同文の矢文が数本、一斉に放たれた。敵味方が、一斉に矢の行方を追った。目指す方向は、幕府上使、松平伊豆守の幕舎である。鋭い矢音だが、勿論、届くはずもなく、遥か手前に落下した。

矢文。

『この度、立てこもり候意趣は、天下への恨み、方々への恨み、別条ござなく候。されど、近年、松倉長門守殿は、検地改め、存外な無法を申され、あまつさえ年貢は、年々高歩合を仰せ付けられ、ここ四、五か年の間、牛馬を手放し、妻子を離別せしめ、他を恨み、身を恨み、涙を落とし、袖を湿らし、逼塞つかまつるといえども、もはや考えも尽き果て候。われら、何の罪咎なきに、はや、死去の身と成り果て候。今更、他国へ逃散し、流人と去るも悲し。せめて、長門守へ一通の恨み申し終んぬ。　天草四郎時貞』

文面は、益田甚兵衛、森宗意軒と、主だった百姓衆の合作である。

四

幕府に頼まれたオランダ船、デ・リップ号が接近し、ラッパを鳴らし、石火矢などを交え四百発の砲撃を行ったが、すべて城に届かず、海中や崖下に落下し、犠牲者はない。

三の丸、塀裏から、矢文が数本、同時に放たれた。

『御上使、伊豆守様にお尋ね申し上げる。こ度は、オランダ船に助っ人、お頼みなされ候か。わが国の、もののふの意地、お忘れ果て候か。猛きもののふの、美しき気概、いつの頃から、お捨て候や。いかなることに候か、解せぬことばかりなり。恥ずかしきかな』

うもんさは、地下の洞窟の薄暗い牢に閉じ込められ、終日、蝦蟇のように蹲っていた。絵筆を取り上げられ、なすこともない。無聊のまま、湿っぽい地面や、壁に石片で絵を刻んでいた。牢屋の外の銃撃音や弓弦の音が聞こえる。何かを、叩き壊す音も聞こえてくる。

娘の、なぎさが、人目につかぬように、夜、時折、何がしかの食べ物を、袖の下に隠し牢に運んできた。

「アンジョ様の怪我はどうかな」

なぎさは、首を横に振った。

「皆の眼がありますけん、はや、帰ります」

なぎさは、生煮えの稗と胡麻の粥の椀をおいて、逃げるように帰った。

これとて、途方もない贅沢に違いなかった。

「こげな馳走を、よいのか」

そういいながら、うもんさは、がつがつ食った。

包囲軍は、幾つもの井楼を組みあげ、間断なく鉄砲を撃ち下ろしながら、寄せてきた。遠く地下から坑道を掘り進んだが、気付いた城内から、反対に坑道を掘り進められ、待ち伏せられて、糞尿を注ぎ込まれた。城には糞尿が始末に困るほどある。それで坑道作戦は取り止めとなった。

その間、互いに、矢文の応酬のみ頻《しき》りだった。

伊豆守の先任上使、板倉重昌は、天草へ兵を進める際、家光の命令である、と前置きして、「上様の仰せられ候は、天草にてわらんべどもは、随分生け捕りに仕り候え、火炙りに仰せ付けらるべしとの由」

天草の子供は、ねずみ取りのように、見つけ次第捕えられた。板倉重昌は、城塀で鉄砲名人の猟師に狙い撃たれ殺された。

五

籠城となってから、はや百二十日経った。米蔵の底は一粒残らず、きれいに拾い集められ、掃き清めた。最後の粥を炊いた。

はや決戦のときである。しかし、こちらから討って出る直前に、包囲軍が仕掛けてきた。

二月二十七日、未明から、包囲軍の各所で常ならぬ激しい銃撃音が、間断なく響いた。一刻余も、続いただろうか。

包囲軍は、攻めの太鼓を慌ただしく敲き、一斉に鬨の声を挙げた。

まず、二の丸の塀を、鍋島藩が抜け駆けに取りつき、破った。遅れじと三の丸塀に細川藩が取りつき、城内に殺到した。

城内で戦えるのは、九千ばかりで、最初はよく戦っていた。昼過ぎまで、戦闘が続いたが、城内の民兵は、空腹に加えて、奔命に疲れ果てて、ただ防戦するだけで、戦闘にならなくなった。一方的な、なぶり殺しが続いた。幽鬼のように、呆然と突っ立ったままの者もいる。戦いというに塀に凭れて眠り込んでしまっている者もいた。

本丸に立てこもった女子供は、意外と善戦した、本丸の塀に取りついた敵に、上から石や、糞尿を投げて、敵を悩ませた。女子供、老人が、五人、十人と輪になって固まり、無抵抗で祈っているらしい集団が、多く見られた、それらは、鉄砲の格好の標的となって撃ち倒されていった。燃える建物に、子供を抱えた女が、次々と走っていくのが見られた。彼女らは、火の中に先ず子供を押し込み、次いで自分が被さって、火に包まれた。

激しかった銃撃音が次第に静かになった。戦いは、収束しつつあると、牢内のうもんさは分かった。

本丸近くの平地に、石垣と、松の立木に囲まれ、大将旗の立て掛けられた幾つかの板小屋があり、その一つに四郎が籠っていると見て、数十人の細川藩の兵が取り囲んだ。

細川藩の兵が、火矢を交え数本、射かけた。小屋の中に、矢の突き立つ音が響いた。

小屋に火が付き、煙が入り混じってきたが、四郎は、絹の布団を被って眠っているかのように見えた。

一人の侍が、近寄り戸口から中を窺っていたが、戸を蹴破り、侵入した。

「天草四郎か。細川家中、陳佐左衛門である」

四郎は、被っていた絹の布をはね除け、立ち上がろうとしたが、倒れた。陳佐左衛門が突進してきたが、四郎は、立てなかった。

刃が、四郎の胸に当たり、体の中を、氷のように通り過ぎていった。

「父上、私は……」

四郎は、叫ぼうとしたが、口の中に血が泡となって充満して、声にならなかった。ついで、自分の体が、誰かに抱きかかえられ、空にふんわり浮かび上がったように思えた。

俄かに、目の前の視界が開けた。太陽が白く輝いて見えた。

太陽の真ん中が、緑色に変化して輝いた。白い砂浜は、果てしなく、遠く、光輝に満ちみちた。

白い波頭が、ゆっくり寄せてきている。

どこかへ、自分は連れ去られようとしている。だが、そこに、不安はない。いいしれぬ歓喜と平安が四郎を抱えた。

「ああ、どこへ、自分は、どこへ」

更に刃が、四郎の首筋に加えられ、静かに通り過ぎた。

四郎は、今、楽しい夢を見ているようだった。至福とは、こういうものか。四郎は、まどろみ、静かに、意識を失おうとしている。

「ああ、自分は、大きな、温かか力に、抱えられている」

四郎の意識は、そこで途切れた。

陳佐左衛門は、若い女が泣きながら、四郎の布団の側に座っているのを、目の隅に認めていた。女は、祈っているのかも知れない。陳佐左衛門は、四郎と思しき首を、絹の布団にくるみ、小脇に抱え、小屋を走り出ようとした。が、両足に、海藻のような物体が、粘り強く絡みついて、動けなくなった。

四郎の側にいた若い女が、両足に、しがみ付いていた。小柄な女だが、大きな岩石に似た重みと、呪縛に縛られて、陳佐左衛門は、半歩も動けない。彫像のように立ちすくんだ。

二人目の侍が小屋に侵入してきた。

「細川家中、三宅半衛門である」

その侍が叫んだ。同輩の陳佐左衛門が、若い女に絡みつかれて、困惑して呆然と突っ立っているのを見た。三宅半衛門は、女の首の襟を摑み、引き離し、女に刃を当てた。なぎさの肩先から、胸に向けて、冷たい刃が、軽やかに通り抜けた。

同時に火が回り、四郎の小屋の棟は、どっと火粉を散らし焼け落ちた。

うもんさは、半地下の牢に、いつものように蹲っていた。時折、眼の高さの、小さな格子戸の窓に伸びあがり、外を窺ったりしていた。

牢の土壁に、丹念に暦を作り刻み込んでいた。今日も刻んだ。矢音、鉄砲音で、激しい戦闘が行われていたのが分かった。決戦の時と知った。

叫喚や、建物などの破壊される音が聞こえ、叫びや怒声が響いてきた。煙と異臭が忍び込んできた。

怒号、泣き叫びが続いたが、誰も、牢内の、うもんさごときに構う者はない。だが、戦闘が収束しつつあるのは、うもんさには理解できた。

外の戦闘と、牢内は別世界だった。地面に零れて散らばっている雑穀の粒を、意地汚く拾って口に入れていた。

硝煙の匂いと、異臭が、絶えず忍び込んできた。また、氷雨が舞い始めた。氷雨は、べたべたと雨になった。　飲み水のない城内にとっても、牢内にとっても、まさに天の恵みに違いなかった。

目の高さの、わずかな隙間から、怖るおそる地表を何度も覗いた。

太陽が西に傾き、静寂の時があった。

数人の人声と、荒々しい足音が、牢に近づいてきて、誰かが、牢内を覗いた。人声が聞こえた。

「何か、蠢いているぞ。そこに誰かいるのか」

「おうさ、ここに一人おるわ」

「誰だ、名乗れ」

「名乗るほどのものでない、うもんさという」

「その方、うもんさか」

「そうよ、おらは、うもんさよ」

牢の頑丈な松の木の格子戸が、胴突きのようなもので破壊され、敵兵、数人が乱入した。面体をじろじろと観察している。

「絵師のうもんさか」

「そうよ、おらは絵師のうもんさよ」

「間違いなさそうだ」

手荒く抱えられ、牢外の黒ずんだ地表に、どさりと、荷物のように放り投げられた。

「命は助ける。そのように指示されておる。目付殿が会われるそうだ。感謝しろ。虫けらめ」

彼らの頭らしい一人が毒づいた。


うもんさは、気がかりだったことを問うた。

「まさか、ひとり残らず、……ではあるまいな」

その男は、答えるのも煩らわしそうに、うもんさを睨みつけていたが、無造作に、いい放った。

「その、まさかだ。そういうことだ」

地表は、塵と薄煙が漂い、血なまぐさく、異臭に満ちみちていた。うもんさは、這いつくばり、血の匂いを嗅いだ。

灰色の土の上に打ち伏した。蝦蟇のように鼻をこすりつけた。額も、頬も、鼻も、唇も、黒い土にまみれた。荒縄がかけられ、枯れ木に繋がれた。

「おとなしく、そこで待っておれ、米の粥ば持ってきて、食わしてやる。褒美じゃ」

嘲笑って、兵達は去った。


恐るおそる、頭を擡《もた》げた。城塀はすべて破壊され、遠くまで見通せた。城の空堀は、屍らしき物体で埋まり、うずたかく盛り上がっていた。さらに、どさどさと、土嚢のように放り投げられている。煙が方々で立ちあがり、漂っていた。うもんさは呟く。

「ごろうざよ。お前はどこにいる」

異臭と薄煙がたなびき、屍が無造作に積み上げられていて、足や、手や、首だけが、切れぎれに、露出していた。ピクピク動いている手足がある。

「なぎさよ」

娘の名を呼ぼうとしたが、痰が詰まり声にならなかった。目の前の風景が、薄墨を刷いたように、ぼやけて見えた。

「おとうさん、うちは埋もれて、ここにいるけん、助けて」

空堀に積み上げられた屍の中から、なぎさらしい声が、すすり泣きとともに聞こえてきたように思えた。

「うもんさよ、わしは、ここにいる。これがお前のいう結末か。この地獄、お前にだけ見えていたんか」

ごろうざらしき声が、空堀からうつろに響いてくる。幻聴か。

四郎と称する首は、多数、持ち寄られて、区別がつかない。どれも、申し合わせたように、手作りのクルスを首にかけたり、手首に巻いていた。四郎の首には、大きな恩賞がかけられていた。それらしき多数の首を、水で洗い、髪を整え、香油をふりかけ、松平伊豆守や、居並ぶ大名達の面前に、検分に供された。

四郎と称する多数の首実検に、四郎の母と姉妹が、熊本から連れてこられた。その一つ、やせ細った、ひどい特徴のある黒ずんだ、痘痕面《あばた》の前に来て、母マルタは、足を止めた。マルタは落涙し、無言で打ち伏し、そのまま、ついに起き上がらなかった。失神したのである。

母マルタ、姉レシイナ、妹マンは、首実検が終わり、用済みとなったので、斬首され、その首は小高い丘に運ばれ、名を記し曝された。四郎の首は、特別に、長崎に運ばれ、衆人の前に七日間、曝された。

一万ほどの首が、名も記されず、近くの踏み荒らされた田の中に並べ曝された。戦える者は、結局その一万足らずで、残りは老人、病人、女、子供で、首を取っても手柄とされず、恩賞もないので、空堀にごみのように捨てられた。

「生きているのは、おら一人」

うもんさは呻く。ぞろりと、辺りを見渡した。包囲軍の兵達が、何十人かずつ、隊を組んで、屍を片づけたり、そこここを無聊げにうろついていた。動いているのは、それだけだった。

数日前まで、そこにひしめき、存在した筈の、三万余の民兵や、女や子供や、老人の姿は消え失せていた。柔い春の風が、しきりに寄り添い、吹き寄せ、生臭い匂いを、そこここにまき散らしたり、集めたりしていた。

沖から、白い波頭が、ゆっくりと寄せては、引いていく、繰り返し、浜辺を洗っている。海風が、異臭を吹き払っている。なぜか、蜂が一匹、迷ったように目の前を舞って、飛び去った。見えるのは、空堀にうずたかく積み上げられた単なる動きを止めた、物体と、静寂で無人の海辺の、単調な薄汚い一枚の風景画に過ぎなかった。

これまで何百枚も描いてきた、地獄絵図とは、全く異質のものだった。うもんさは、水洟をすすりあげる。自分が想像を廻らし描いたのは、すべて空ごとだったのか。

うもんさは、石に潰された蝦蟇のように、打ち伏した。

頭の片隅に棲む、鬼の如き何者かが、闇の中から、哄笑している。

「うもんさよ。ずる賢く立ち回ったものだな。生き残ったのは、お前一人よ。見上げたものだ」

うもんさは、心の闇を一突きされた。うもんさは、自分自身を呪い傷めるように、汚泥を掬い顔を覆った。更に分厚い、だらりとした唇の間に押し込んだ。底の見えぬ寂しさに襲われている。やがて、二度、三度、痙攣したきり、絶息したのか動かない。

引用および参考図書
『細川藩史料による天草・島原の乱』戸田敏夫　新人物往来社

清兵衛の事件簿

あるパードレの書簡

主にありて、懐かしいわが兄弟姉妹へ。

お別れして、はや、多くの歳月が過ぎ去ったようです。

船出は、晴れ渡った静かな日でした。見送りくださった皆様のお顔は、日に日に新しく、美しく、この間の出来事のように、今、蘇っています。私の母国は、ここでは奥南蛮（ローマ）と呼ばれています。


私が、今、住んでいる所は、東方の島国の陸奥または奥州と呼ばれる地方です。

雪解けになると、燕が南の島から飛来してきて、翠の濃い町家の軒先を滑空し、反転しています。春燕と呼ばれています。この地で、息を潜めている真摯な信者の方々は、御あるじ様の受難の季節を思い起こすように、燕が知らせに来るのだと固く信じています。春燕が飛来すると、それを合図に、三人、五人と密かに集って、お講と称して、オラショを唱和するのです。更に御あるじ様を偲んで、苦行を始めます。

さて、先年（慶長十八年、一六一三）、陸奥の殿、伊達政宗が、エスパンヤ国に使節を派遣したことは、ご記憶に新しいと思います。

次の覚書は、その時、使節が、親書とは別途に、密かにフィリップス三世に奉呈したという覚書です。

偶然の機会で、私は、この文書の存在を知りました。

率直にいいますと、この覚書は、悪魔の文書です。陸奥の殿の、長年の秘めた野望と執念が凝集し、乗り移ったとしか思えない、ただならぬ狂気を感じさせます。

この狂気の文書の意図が、この国の反対勢力の探知するところとなると、陸奥に風雲が巻き起こり、ひいては真摯な信徒を禍の淵に苦しめる騒ぎにならないかと、心が凍りました。

申し合わせ条々（覚書）

『インギリス、オランデスは敵国なれば尊崇致すまじく候、エスパンヤの国王に、日本奥州の屋形、伊達政宗、一味申し上げる者にて候。

フィリップス三世殿

日本国奥州王、松平伊達政宗』

使節が出国の年、近々に予想されていた、この国の大坂という大都市の市街戦で、陸奥の殿は、大坂城に拠る豊臣秀頼と密かに呼応して、湾にエスパンヤのインド洋艦隊を誘導して、海上より徳川を挟撃せんとする企てを模索していました。天下の形勢を一挙に覆す不敵な策です。ただ、奥州の殿が天下の権力を握れば、切支丹禁令は直ちに解除され、布教は速やかとなりましょう。危険な賭けといえますが。

正使はフランシスコ会のフライ・ルイス・ソテロ、副使は仙台藩の家臣、支倉六右衛門常長です。

マドリードの王宮で盛大な歓迎式典の後、東洋から来たこの使節は、王に別室に伴われ、伊達政宗の親書（これは徳川公認）を奉呈し、その目的を述べ、返書となる親書を頂きたい旨を申し出ました。次の趣旨であったそうです。

一、わが国に布教を拡大するため、パードレに馳走致すべく候につき、陸奥の国にお渡りを願う事。

二、ノビスパニア（メキシコ）との交易のお許しを願う事。

ついで、使節ソテロは、秘密裏に別室で、内密の文書として前述のタイトルの覚書（申し合わせ条々）を奉呈し、その真意を口述したといいます。

この国の実力者、徳川は、今、インギリス、オランデスと友好関係にあります。しかし、奥州の殿は、その宿敵のエスパンヤに、敢えて一味するとの真意を表明しました。この異国を背景に、日本国を二分する、大胆な構想は、何を意図するのでしょうか。ソテロは、更に、東邦の国、日本の政治情勢について述べました。

「日本国のエンペラー、ミカドは、国の統治に関与していない。

政治は、東、西及び東北の三大勢力に分断されている。西の大坂城には右大臣豊臣秀頼が、東の江戸城には、徳川家康の息子、征夷大将軍徳川秀忠が、東北には、奥州王の伊達政宗が仙台城にそれぞれ割拠している。

この国は、今、まさに国土を二分する大戦の勃発する直前にある。

即ち、日本列島の西側の豊臣秀頼と、東側の徳川秀忠との天下統一の最終決戦がまさに、大坂という都市で開始されようとし、目下、両軍の兵士が大挙して集結中である。

なお、第三の勢力である伊達政宗は、いずれに与するか、今は態度を保留しているが、フィリップス国王の後ろ盾があるならば、政宗は豊臣に与するでしょう。もし、エスパンヤのインド洋艦隊が、海上から、徳川本陣を砲撃すれば、徳川は壊滅的打撃を蒙るでしょう。

あるいは、今頃は、はや戦端が開かれているかも知れません。従って、この同盟は緊急を要します。直ちに、王のご裁断を熱望する」

ソテロは、更に付け加えました。

「奥州王は、自らの力による天下への望みを捨てておらず、娘婿越後高田城主六十万石の松平忠輝（徳川家康六男）を征夷大将軍に擬し、豊臣秀頼に同盟して、勝利の暁は、秀頼は関白に、政宗は執権職を望むでしょう。なお、政宗が実権を握れば、切支丹禁止令は直ちに解除され、奨励されるでしょう。更にエスパンヤ国王は、この国の交易を独占し、国益を増進し得るでしょう」

と述べました。

「不肖、この私は、この国の東北地域（即ち陸奥）の布教に専念して、責任を果したいと熱望している」

フィリップス三世は、肘をつき、興味深く聞き入っていました。

更に、

「外交面において、徳川秀忠は、インギリス、オランデスと友好関係にあり、エスパンヤとは断絶関係にある。しかし奥州王は、その逆をあえて模索し、エスパンヤと秘かに同盟を結びたいと、この覚書（申し合わせ条々）を奉呈するものである。なお、秀忠の父の家康は老練狡猾な政治家であり、奥州王の野望を薄々は察知した上で、今は、奥州王を利用するのが得策と考え、表面は友好関係を維持している」

と、複雑な政治情勢を述べました。

この「申し合わせ条々」なる悪魔の覚書は、徳川幕府の外交方針に、真っ向から異議を唱えたものです。従って、その真意を、徳川が知ると、奥州王は、危険に曝されるでしょう。

ソテロは、政宗が大いなる野望を有している証拠として、政宗の作である次の詩の一部を披露しました。

馬上少年過ぎ　世、平らにして白髪多し
残軀天の赦すところ　楽しからざるを是如何にせん

ソテロは、以上を熱弁しましたが、王をはじめ、陪席の貴族達の多くは、そのままは信じなかったそうです。なぜならば、ソテロはフランシスコ会のパードレであり、対抗するイエズス会関係者の多方面から、前もって、異なった中傷が頻々と寄せられていたからです。即ち、

「フランシスコ会のフライ・ルイス・ソテロは、とかく圭角ある人物で、妄言を弄する癖があり、まれに見る野心家であり、奥州王を唆《そそのか》し、近頃の政治的な戦略を画策する。みだりに信じてはいけない」

と、激しい妨害工作を繰り返していました。

フィリップス三世は、イエズス会と、フランシスコ会のソテロの相反する情報に、いずれを信じてよいか、困惑されたそうです。

疑念の大は、奥州の王と自称する伊達政宗が、実は、辺地の一蕃族に過ぎず、この国を左右するほどの実力を有していないのではないかという点です。

イエズス会は、まずこの危険な会見をすら阻もうと働き、国王も使節と謁見することすら躊躇っていたが、結局、謁見は許されました。しかし、使節が望む親書はもとより、内密の覚書は、関心は示したが、同意は与えられず保留されました。

国王親書はもとより、気負いこんだ、密謀を無視されて、使節は、目的は達せられず、面目を失いました。しかし、彼らは、親書は後日、届くものと、長く信じていたもののようです。又、謀議は、国王に理解されたものと信じ、事ある時は効果を発揮すると信じているようです。

しかし、副使支倉常長は、立派にその任務を果たしたといえます。

その騎士としての礼儀正しさ、毅然たる態度、幾多の戦闘を経験したに違いない鋭い眼光、それでいて、柔和な瞳、更に装いであるキモノの清々しいデザイン、金銀に飾られた豪華な大小二本のサーベルに目を瞠り、感銘を受けない者はなかったといいます。

しかも、この立派な騎士とその従者たち一同が、このマドリードの地で、キリスト教徒として生まれ変わる用意のあること、即ち、洗礼を受け、改宗する決意と聞いて、一層、深く感動したそうです。

支倉常長が、足かけ七年の長途の旅を終え、陸奥の国、仙台に帰ってきたのは、元和六年（一六二〇）夏でした。

その時、すでに日本の政治情勢は、大きく転換していました。西の豊臣秀頼は、すでに滅亡していて、徳川の天下となっていました。奥州王の娘婿、松平忠輝は、大坂城攻防の市街戦に際し、敵の豊臣秀頼に内通し、怠戦したと糾弾され、元和二年（一六一六）改易、更に辺地に流罪となりました。又、奥州王、伊達政宗は、強大となった徳川の威に屈し、使節の支倉六右衛門常長の帰国の当日に合わせ、パードレの追放など、切支丹禁止令を発令し、更に、翌日、仙台城下にその高札を差し掛けました。

正使のソテロは、帰国を許されず、ルソンに留まりました。

支倉常長は、出国時の盛大な見送りに比べ、侘しい失意の帰国となりました。

なお、注意すべきは、支倉常長は、マドリードでの会見の様子、「申し合わせ条々」の覚書控えを保持しており、更にソテロの口述など、経過と仔細を十九冊の日記に、丹念に書き留めていたといわれています。この政治的に危険な日記は、支倉常長の知行地の家宅で、門外不出として施錠され、厳重に保管されているそうです。

エスパンヤでの密謀の企ての証拠を何故か、残しました。いや、当然といえば当然ですが。

帰国の後、支倉常長は許しを得て、故里の黒川在の知行地で過ごしました。しかし、旅の疲れからか、意味不明の奇怪なことを口走る日々が続いたそうです。

支倉常長は、狂ったと見做され、その旨を幕府に届けられ、彼自身の切支丹宗門の咎めは、不問とされました。

彼は、帰国の翌年、この世を去りました。しかし、許しを得て在所で過ごしたというのも疑問であり、その実は蟄居を命じられたと思われます。又、狂ったというのも死因も疑問で、変死の疑いすら囁かれています。帰国後、彼のすべてが闇の中に葬り去られています。

支倉常長は利用するだけ利用され、捨て去られました。今、その遺族たちは、世間を憚り、ひっそりと暮しています。

以上が、今、私が潜んでいる雪深い陸奥の国の恐ろしい現況です。

主のみ教えは、今、この国の沼に沈み込まれそうになっています。しかし、いつか、この国に根付き、芽吹く日が来ることを信じています。春燕は、毎年、きっと飛来することでしょう。

なお、私は、この国の、水沢という小さな都市の近く、ある真摯な信徒の家に大事に匿われております故、御心配なきように。

主の平安、懐かしい故国の兄弟姉妹よ

一

使節の帰還から、十五年経った、ある日。

仙台城二の丸に、評定所の下部組織として、切支丹改め所が設けられていた。陸奥地方の切支丹改めと、始末を記録し、総括する役所である。

端役人清兵衛は、その一隅で、日誌を書き込んでいた。

日誌は、清兵衛のお役目であり、有体にいえば領内の切支丹門徒に対する処置の事件簿に違いなかった。奉行は、切れ者の石母田大膳だった。

いつ、どこで、捕縛があったとか、水責め、火あぶり、穴吊るし、牛責めなどの拷問、処刑の始末を箇条書きに、簡略に記述していた。

牛責めとは、二頭の牛の角に手足を縛りつけて走らせ、肉体を引き千切る。水責めは、もっぱら広瀬川の中州で行われた。厳冬期、柵の中で入れて、川に漬けるのである。多くのパードレや、宿り主が、氷の中で眠るように凍え死んだ。

役人達は、転べころべと囃す。矢来柵の外で見ている切支丹達は、反対に、もう少し辛抱なされよ、もう少しすれば天に迎えられますぞ、楽になりますするから、と叫ぶ。

清兵衛にとっては命じられるままの書記に過ぎないが、気の重い仕事に違いなかった。

幸い、昨今は、大きな事件は概ね片が付いていて、清兵衛にとって、比較的に平穏な日常といえた。

清兵衛は、能筆だが、無気力で、気の弱そうな蒼白い顔つきの若侍である。滅多に笑った顔を見せたことなどない。五人扶持の軽輩で、二十歳代半ばとなっていた。数年前に父を失い、母の民と二人暮らしだが、嫁取りの話はまだない。本人にその気は、今のところはない。

藩は、使節の帰還の当日に合わせ、待っていたように切支丹弾圧に政策を反転させて、城下に高札を差し掛けた。

それまで、お館様（伊達政宗）の方針で、切支丹を奨励されていた。お館様自ら、パードレをお城に呼び、

「切支丹になりたる者は、取り立てる」

と、大広間に、家臣を集め公言された。奥方も、ご息女（いろは姫）も、切支丹となられたという。多くの家臣、領民が、こぞって切支丹に帰依した。江戸の禁止令に反し、陸奥は別天地だった。その為に、諸国の切支丹が逃れてきていた。陸奥は別の王国の趣さえあった。が藩の

方針は一転した。

切支丹を奨励されていた張本人のお館様は、俄かに豹変なされたのだ。変身なされた。お館様が豹変なされるのは、お館様の勝手だが、領民、家臣は、お館様のように豹変するわけにはいかぬ。お館様のように、簡単に切り替えはできぬ。切支丹は、各地に取り残された。尤も、その時、清兵衛は子供で、その間の事情が呑み込めなかった。ただ、薄ぼんやりと過ごしていた。


幕府は、仙台藩が切支丹禁令を遵守しているかどうか、状況を監視する意味で、探索を領内に、次々に送り込んでくるという。

清兵衛も、その話は常々聞かされていた。商人や、芸人や、いろんな風体に化けている、ということである。

「見知らぬ人間に話しかけられても答えるでない」

と、折にふれ戒められていて、何となく、不気味に感じていたし、これまでのように、不用意に人を信じられなくなった。いやな世の中になったな、と実感していた。

数年前に、お城に出仕するようになり、昨今、藩の方針に、いささか疑問を抱くようになったが、口出しなど、下っ端の清兵衛には思いもよらぬことだ。じっと、胸の中に秘めて抑え込んでいた。

　清兵衛の疑問とは、

「藩の政策の気まぐれ」

と、いうことについてである。ころころと方針が変わる。

　切支丹奨励が、禁止令に急変である。幕府の顔色を窺い、万事がその調子に思える。

　二代目忠宗様の世になって、更に禁令が厳しい。


　今日は、さしたる事件はなかった。

『寛永十二年（一六三五）三月某日、晴、城下に春燕が飛来す』

　特記の事項はなく、日誌に、それだけ書き込んだ。清兵衛は、自宅の軒下に春燕が戻ってきていたのを、この朝、確かめてから登城したのだ。燕は、城下に多い欅の木下を潜り抜け、滑空し、反転し、軒下の巣に帰ってくる。

　清兵衛の幼い頃から巣は作られていた。

「間もなく雛が育つ」

　母の民は諭すように、よくいっていたのを、幼い頃から覚えている。

「巣に、いたずらをしてはならぬ。絶対に壊してはならぬぞえ。わが家の護りにきてくれた有難いお客様です。それともう一つ、大切な、お作業の知らせを告げにきてくれたんよ」

「大切なお作業のお知らせとは、何かな」

清兵衛は反問する。

「いずれ、わかる時が来る。成人すれば、折を見て教えますから」

民は、厳しく真顔になる。


その日、未の刻（午後二時頃）藩の菩提寺、光明寺様からの帰りと称し三人の女が、清兵衛の家に集まった。せつ、きり、と、母の民で、自分たちだけのお講と称し、月一回の集りである。

春霞に、山々の裾はぼやけて見えて、普段より遠ざかって見えた。

「民さんや、はや、燕が戻ってきたようだわ」

春燕の飛来を、先ず、せつが見つけていった。

三人の女は、意味ありげに頷き、跳ね階段を下ろして、二階屋根裏に消えていった。

燕は、御あるじ様の受難の季節を知らせに、今年も、飛来してきたのに違いなかった。

やがて、聞きなれた、いつもの唱和が聞こえてきた。

『からさ（ガラシャ、恩寵）

みちみちたんもに（給うに）
まるや様（マリア様）御礼をなし奉る
あめん』
光明寺様のお経と称しているが、中身はオラショに違いなかった。母屋の二階屋根裏の物置の片隅から、大黒柱の芯を伝い降りるように、秘めやかに、吐息のように洩れ落ちてくる。

屋根裏に集まって、光明寺様のお経を唱和しているのは、母の民を含めて、三人の女である。その一人、せつは、支倉家の郎党、太郎左衛門の妻である。夫の太郎左衛門は、七年にわたり、当主の支倉六右衛門常長に随行し、南蛮に旅をした人物である。

もう一人、きりは、長年にわたり、支倉家の召使いをしている与右衛門の妻である。

支倉家は仙台藩の中堅の士で、黒川在、知行は六百石だ。彼女らは、通常は、仙台城下にある支倉家の屋敷の敷地内に住んでいた。清兵衛の家も近い。

三人の女は、幼な馴染みで、仲好しだった。七夕祭りには、揃って、繰り出して衆に混じって踊った。娘になってからは、お琴の稽古に同じ師匠について、励んでいた。

清兵衛の母の民は、若い頃評判の美人で（本人が、清兵衛に、嬉しそうに、そういうのだ）、小町と呼ばれた。近隣から、わざわざ回り道して覗きに来る若侍が多かったという。民は、それを意識して楽しんでいて、翠の濃いご城下の大手門の通りや、お堀端を三人で連れ歩いたものだ。

結構、娘時代を楽しんで過ごしてきた。先年、夫を亡くし、今は、清兵衛と二人で暮らしている。

春燕が戻ってくる季節というのは、彼女たちにとって、特別の意味を持つ。

貴き、おんなるす様（御主様）が、わが民の罪を購うために、身代わりとなられ、鞭を受けられ、十字架にかかられたのが、この燕の飛来する頃と教えられてきた。おんなるす様は、三日目に蘇り、天に昇られた。

パードレは、この季節になると、決まって、おんなるす様の苦行と、肉体の死と、蘇りのサクラメント（奇蹟）の不思議を説いた。切支丹にとって、最も大事な季節であるという。

そのパードレたちは、今、ひとりも、この陸奥の国にいないという。追放されたか、殺された。雪深い山中に潜伏しているパードレもいるという噂はあるが、真偽は分からない。

「とうとう、あたしたち三人だけになってしもうたね」

と、太郎左衛門の妻せつが呟くようにいった。

「大勢、賑々しく集まっていたのに、寂しや」

これは、与右衛門の妻きりの愚痴である。禁令が厳しくなるにつれ、集まりが少なくなった。やむを得ないことだ。その心細さを振り払うように、

「あたしは、一人になっても、このお講は続けるえ」

と、民がいった。

「その気持ちが大事よ。お講は、三人で、ずっと続けようね。約束だよ」

せつがいい、きりはこくん、と頷いた。

「お講は、おんなるす様が、岩の礎に建てられたんよ。決して崩れることはないぞえ。その知らせに、春燕が知らせに戻ってきてくれる。おんなるす様は、ちゃんと、見ておられるのよ」

三人は、顔を見合わせて、にこりと笑みを浮かべた。

「江戸は禁令でも、この陸奥は別天地といわれていたのにね。今、この陸奥も、深い、泥沼に沈んでいくような怖い気がするよ」

きりが不安そうにいった。すると、せつが、

「このお講が、この三人で、終わるのは嫌だね。清兵衛さんは引き継いでくれないのかい」

「あの子はだめだわ。継いでくれる気は、全然ないようだ」と、民は、そっけない返事をした。

「気が小さくて、根性もないわね」

「じゃ、このお講は、あたしらでおしまいかね」

「そうかも知れないね」

三人は、寂しそうに、こくんと、頷き合った。

屋根裏の狭い物置の空間で、長持ちに隠し持っている秘密のお道具、ロザリオや、十字像や、ロレータ（銅版の母子像）や、苦行の鞭などを持ち出し、三人はもう半刻も、引き籠っている。

その屋根裏には、お厨子に、小さな阿弥陀如来様を安置しているが、背面に銀の十字の襷がかかっている。背面十字架像である。他に、子安観音様も祀ってある。まるや様である。もし、万一、役人に踏みこまれても、表向きは、ちゃんと申し開きはできる用心はできている。

『おんなるす様（あるじ様）
御身と共に女人の中において、
ましまして御果報よみしきりなり。
はれるや（讃えよ）』

繰り返し、繰り返し、光明寺様の読経が洩れてくる。特に、最後の祈りの、「はれるや」は、ひと際、音階も高く、雉の飛び立つ一啼きのように、小さな叫びに聞こえる。

だから、階下にいる清兵衛は、読経の中身は聞こえなくとも、「はれるや」の鋭く小さな叫びだけは、はっきりと、耳の底に焼けついている。

雉が、地を這っていて、飛び立つときの鳴き声が、こんなのだろうと、漠然と思っていた。

この日、非番の清兵衛は、自宅で、無聊げに肘をつき畳の上に、ごろりと横になっていた。思案していたが、階段の下に歩み寄り、二階の三人に向かって声をかけた。

「お講は、もう終わったかい」

「ああ、もうお少しで終わるからさ」

答えが下りてきたが、清兵衛は、わざわざ、二階に上っていって囁いた。

「わしは、切支丹改め所にお役目替えになったのじゃ。困った巡り合わせだが、仕方ない。これから、ちと、立場も考えてくれろ。お奉行様を甘く見てはいかんぞ。何もかもお見通しじゃ。今は、わざとお目こぼしされているようだが、いつ、どのような厳しい沙汰をなさるか分からぬ」

と、気の小さい、悲鳴に近い嘆願である。が、民が反論する。

「何の、これは光明寺様のお講じゃ。お寺様に聞かれても、そうお答えになる。その約束です」

お寺様と示し合わせがついているといって、とり合わない。自信たっぷりである。


三人の女だけになっても、お講は、十何年も細々と続いてきた。コンタツ（数珠）を爪繰り、三十日間の苦行に入る。食べ物を少なくし、シジピリナ（苦行の鞭打ち）が始まる。まるや様が幼子のおんなるす様を抱いた姿が彫り込まれたロレータ（銅版）を取り出し、拝礼する。

ある時、清兵衛は、彼女達の苦行を覗き見てしまったのだ。三人の女が、衣を脱ぎ、自らの背中や、その胸を、鞭や、割り竹の束を持って叩いて、ひいひいと苦しそうに顔を歪めていた。汗ばみ、鬼気迫る光景に違いなかった。おんなるす様のお苦しみを、体験しているのに違いなかった。

春燕が飛来するのを目にすると、目を交わして頷き、それを合図に、彼女らは毎年、その苦行を始める。数句続ける。

『寛永十三年（一六三六）五月某日、雨、伊達政宗様、江戸屋敷にてご他界』

と、清兵衛は日誌に記した。

二

二代目忠宗の治世となると、仙台城下に、幕府探索らしきが、更に潜入したらしいということである。新藩主に対し、幕府の監視する目が厳しい。

徳川幕府三代目の将軍家光は、戦さ経験がない。若く侮られまいと、就任するや、高圧の姿勢を諸大名に示していた。

「余は、祖父家康や、父秀忠のように、諸大名の力を借りて将軍となったのではない。将軍となるべく生まれてきた」

諸大名に、借りはないというのである。

「余の方針に従えないというならば、早速、帰国して戦さ準備をなさるがよい」

と、勇ましく頭ごなしに宣言した。いつでも戦ってやるというのである。

家光は、切支丹禁令の徹底を布告した。諸大名が、どこまでわが威に従うか、諸大名に、これを一種の踏絵と見做したかのようである。

禁令に従わない場合は、厳しく糾弾する。外様大名の弱みを握ることも大事である。何かの弱みを握っては、それを口実に、国替え、改易、賦役を課し、理屈をつけて封土を削ぐ策を弄する。


仙台藩の二代目忠宗は、専ら守成を心がけ、幕府の方針に忠実たらんとした。藩を守るときが何よりの大事である。いささかの弱みを作ってはならない。今更、国替えや改易などあってはならない。

高札を改め、切支丹を根切りする為、訴人の賞金を三倍、五倍と驚くほど嵩上げした。

一伴天連（パードレ）の訴人　黄金三十枚
一いるまんの訴人黄金十枚
一きりしたんの訴人黄金五枚、金子下さるべく候也

先代政宗は、幕府大目付柳生又右衛門と、かねて昵懇の間柄だった。その誼《よしみ》で、大目付は、新藩主の忠宗にも好意的で江戸の政治情勢を、内々知らせてくれていた。

「伴天連、相払（追放）わるるに付きて、上様、再び仰せ付けられ候。心得仕るべき候。きつく

（領内に禁令を）申し付けられるべく候。弥油《いよいよ》断召されまじく……」
柳生又右（又右衛門）
松平陸奥守様

即日、返書の飛脚が江戸へ出立した。
「日暮れに及んで、下着書状つぶさに披見申し候。その意を得て候。之により、元（こちら）などども、心得仕るべき由、承り候。連々きつく（領内に禁令を）申し付け候」
松平陸奥守忠宗
柳生又右衛門様

飛脚の出入りも頻繁となった。

「何事が出来したのか」と、城の内外に緊迫感が走っている。飛脚の動きをみて、町家の人々も、侍も緊張した。

幕府は探索を次々と放ち、大老職にある土井利勝や、酒井忠勝は、その目を通じて、仙台藩の裏の動向や、財政の真の力である、実際の石高を把握しようとしていた。

表高は、六十万石だが、新田の開発をすすめ、その裏高（実高）は、百万石に達していた。超大大名で侮りがたい実力を有するに至っている。

幕府宗門奉行、井上筑後守は、切支丹取り締まりの実施について、断罪や処刑の仕方、自ら工夫した穴吊りについてまで、細部の指示を与えた。二重三重の監視の動きに、仙台藩は、藩主交代とともに、異常とも思えるほど神経質になっていた。

藩の、切支丹取り締まりは、いよいよ峻烈の度を加えていた。

切支丹改め所の清兵衛の許に、連日のように、逮捕、処刑の知らせが届いてくる。

清兵衛は、切支丹取り締まりの状況を、日誌に、毎日、丹念に書き込んでいる。

先だっても、水沢で何人かの斬刑が行われ、前後して広瀬川の中州でも水責めが行われたという。マルチル（殉教）の知らせが、各地から頻々と切支丹改め所に届いてくる。後藤寿庵という水沢の切支丹領主が、棄教を肯《がえん》ぜず陸奥から脱出したという。寿庵の人徳で、水沢の地は、とりわけ切支丹が深く根付いていていた。

清兵衛は、お講と称して集まる三人の女や身辺に、忍びよる大いなる危険を感じている。捕吏の足音が不気味に聞こえてくる幻想を抱く。抗いがたい潮の高まりが寄せてくるのを感じている。

三

次の年、清兵衛の怖れが現実に姿を現した。身辺についに捕縛騒ぎが起きた。訴人があったということで、清兵衛の家に集まってくる三人の女の一人、きりが、夫の与右衛門と共に、邪宗門徒の廉で、捕えられた。

きり夫妻は、支倉家の長年の召使である。

荒縄をきりきりかけられ、切支丹と大書された幟を立て、襤褸をまとわせて、町の中を引き立てられていった。見せしめにされていた。

この日、春燕が市中を引き回されている夫婦の頭上を滑空していた。何度も彼らの頭上を反転していた。

表向きの理由は邪宗門の咎めだが、その実は、複雑な、政治的な陰があっての事かも知れぬと、密かにいう者がいる。しかし、詳しい話になると、皆、口を緘《とざ》して語らない。

支倉家は、大功ある一族だが、その身辺に危険が迫っている。支倉家は、今となっては、藩にとって疎ましく、浮き上がった存在になっていた。

更に旬日経って、早々と処刑したと、評定所から通知があった。さしたる詮議が行われたとは思われない。

清兵衛の目の高さにある小窓の欅の枝を見上げた。目の前が急に薄暗くなった。

雲が早く移動している。辺りが暗くなり突風が舞い始めた。欅の梢と葉が、大きく揺さぶられている。

清兵衛は、やり場のない、苛立ちと、不安に襲われている。

『寛永十四年（一六三七）三月某日、曇、支倉家召使、与右衛門と、その妻きり、邪宗門徒の咎で吊り殺しとなる』

と番所の日誌に書き記した。

清兵衛は、息苦しく眩暈《めまい》に襲われた。人に悟られないように、そっと、両手で顔を覆った。

藩主が代替わりしてから、「藩は狂い始めたらしい」と、清兵衛は、感じている。

先代お館様の時代は、禁令の高札を差し掛けていても、幕府を慮っての表向きだけの高札とも思われた。支倉六右衛門の場合もそうだった。狂ったと幕府に届け出て、邪宗門徒の咎めは不問とした。

先代の時代は、表面は強い取り締まりが行われていたが、どこか血が通っていたように思えた。

今は、情け容赦のない、処刑処断に変貌していた。

母の民が、ぽつんという。

「藩は、支倉一党を仇と見做しているように思える」

与右衛門と、その妻きりが処刑されたと聞いて、母は、一日中、泣き暮らした。

与右衛門の夫婦は支倉家の長年の召使である。支倉家の当主、六右衛門常長ら一族郎党が切支丹に帰依したのは、役目柄もあって、当然の帰結ではないか、と思うのである。


清兵衛は、切支丹に帰依していない。母も、それを求めていない。清兵衛は光明寺様の、お講の輪に加わったこともなければ、その経とやらも唱和したことはない。しかし、母を通じて、切支丹の教えと、お経は、自然に、そらんじてしまっている。

全知全能のおんなるす様は、なぜ、その敬虔な僕《しもべ》をお救いにならなかったのか。なぜ、見捨てられたのか、これが、清兵衛の繰り返す疑問である。解けない疑問である。清兵衛が、お講を引き継がないのは、一つは、そのような疑問が解けないでいるからである。

尤も、母の民は、清兵衛に勧めたことは一度もない。


「与右衛門と、きりを吊り殺した。藩が……」

気の小さい、おとなしい清兵衛は密かに呻いていた。危うく叫び出しそうだった。彼らは、藩の使命に忠実だっただけではないか。藩が彼らを裁くことは、矛盾である。藩組織の自壊をもたらすものだ、そう、清兵衛には思える。

支倉一族郎党が切支丹門徒であることは、訴人を待つまでもなく、周知のことだ。しかし、先代（政宗）の、特別の使命を務めた一族郎党である。清兵衛は、彼らに捕縛の手が伸びることはないと、内心、信じていた。その信を藩は裏切った。

藩は、あらぬ方向に走り始めている。しかし、清兵衛には、藩の方針に、表だって異議を唱えることなどできる筈もない。

「藩は、うろたえて気まぐれなことをしている」

と、清兵衛は、無表情にただ呻くのみである。これが、自分が絶対と信じていた藩のやることか。

与右衛門と、その妻きりは、何の罪を犯したというのか。なぜ吊り殺しされねばならぬのか、心は、叫びに叫んでいた。しかし、これは藩への疑問だけではない。むしろ、おんなるす様への疑問でもある、おんなるす様は、なぜ、その僕に苦しみを与えられたのか。全能のおんなるす様は、何故、その救いの御手を差し伸べられなかったのか。禍の淵に落とされるのを、その御手で拾い上げ、お救いにならなかったのか。

支倉家は、四百年前、八幡太郎源義家の蝦夷征伐に伊達家と共に付き従い、いわば伊達家の草創以来、君臣の紐帯の間柄である。近年では、六右衛門常長が韓入りに従軍するなどの功労もある。更に、先代お館様の命で、エスパンヤ国王や、奥南蛮（ローマ）の教王のもとに、使節の務めを果たした。

藩を挙げての事業であり、幕府の支援を取り付けた七年にわたる苦難の長旅に、六右衛門はよく耐えた。が、今、藩は禁令を布告して、その大功ある一族に、容赦なく黒い爪を磨いて襲いかかろうとしている。


「清兵衛殿」

朋輩といっても二歳年長の、先輩格の唐木十兵衛が、座机を離れ、新しい板敷の上をにじり寄り、なれなれしく清兵衛の肩を叩いた。

「何かお悩みのようですな、嘆息したのを見ましたぞ。それに顔色がよろしくない」

「……」

「今夕よろしければ、一献いかがかな」

これまでも、時折、誘われるまま、酒を酌み交わしていた仲だ。唐木が誘いをかけてくる場合が圧倒的に多い。何か、情報を得たがっている。そんな感触を得ていた。酒を酌み交わしながら、何かを聞き出そうとする、いやな探索的な性癖も判っている。あまり好ましい相手とは思わぬが、さりとて、特に不快というほどの相手でもない。

新任の清兵衛には、今、切支丹改め所にこれといった友がいない。更に、このまま帰宅できる心境にはない。唐木は、才のある男とは思えないが、その叔父が藩の要職にあり、その所為もあって、重用されていた。

馴染みの居酒屋「ひょうたん」は、帰宅の道筋とは、かなり遠回りになるが、三陸沖から揚がった魚の料理が、新鮮で美味である。店の応対が快い。

店は、年配の人の良さそうな夫婦と、娘の三人で忙しそうに商いをしていた。

娘は、丸顔で、ぽっちゃりしていて、よく気がきいて、快活で、頭が良さそうだった。つやさんといった。決して美人ではないが、気立てがよい。町家の娘だが、この娘を、嫁にしたら、母の民ともうまくやっていけるだろうと、漠然と想うことがある。しかし、それはあくまで、心の片隅だけの話である。

清兵衛の心は、常に黒雲に覆われていて、そのよう現実の想いが湧き上がると、忽ち打ち消されてしまうのだ。清兵衛の心にかかる黒雲とは、光明寺様のお講のことである。このままでは、自分はともかくとして母の民にも累が及び、ただでは済まないだろう、と、怖れが益々強くなっている。

与右衛門ときりの夫妻が逮捕されたのは、お講のせいでないことは確かだった。お講について、奉行から質されたり、咎められたことは未だない。お講は、まだ誰にも咎められていない。

しかし、お講は止めた方がよいに違いない、と気の小さい清兵衛は焦っている。いずれ、母や、身辺に危険が迫ってくるような予感がある。

しかし、母の民の思いつめた、ひたむきな顔付きを見ると、いい出せないでいる。更に、光明寺様のお墨付きと、いい逃れがあると思い返す。そんな不安の浮き沈みの時の繰り返しの日々を送っていた。

居酒屋「ひょうたん」の二階に上がった。

時刻が早いので、先客はいない。二、三献傾けた。店の娘のつやさんが、丸っこい顔を見せ、ぽっちゃりの小さい、くぼみのある指を差しのべて、お酌しましょうかと、お愛想を見せたが、唐木は、

「今日は、いいよ」

と、そっけなく遠ざけた。

清兵衛は、咄嗟に、ちらと、つやさんに目を遣った。つやさんは、慌てて眼を伏せ、手に持っていた布巾を取り落とし、顔を赤らめて慌てて拾い上げた。その様を見て、いかにも愛らしいなと清兵衛は、心で、妙なところで感心している。

先日、独りで、この「ひょうたん」に立ち寄ったときのことだ。何を思ったのか、つやさんは、

紙切れを、折り畳んで、清兵衛の前に置いていった。

画仙紙にさらりとした筆使いで、絵が描かれていた。つやさんは、絵を描くのが得意のようだった。清兵衛の似顔絵のようだった。

面長で、目と目、更に眉が離れていて、少し口を開けて、目尻が下がっていて、かなり間の抜けた顔に見えた。

「これは、青ひょうたんじゃ」

しかし、妙に腹が立たなかった。その横に、小さく、つやさんの自画像もあった。これは、一層、間の抜けた阿呆面に見えた。

その時は、座興として捨て置いたが、あとで妙に気になった。

あの娘は、何を考えているのだろう、と思った。いずれにしても、腹は立たなかった。


さて、唐木はいう。

「与右衛門夫妻のことで、悩まれているのであろう。ご心配であろうな」

「……」

清兵衛は、水を向けられているが、答えようがない。唐木は、何気なくの風情で、容易ならざることを聞く。

「お手前の母者は、支倉の郎党や召使一党と昵懇で、長く付き合っておられるそうではないか」

清兵衛は息を呑んだ。

「いや、よくないことを申した。気になさるな」

唐木は話題を変えた。彼の矛先は、幕閣の方針に向かった。

「幕府は、外様を締め付けることが政道と心得ているように思える。不愉快千万だ。腹に据えかねるな。そう思わぬか、清兵衛殿、あることないこと因縁をつけて、わが藩の力を弱めようとしている」

声を潜めた。

「娘婿殿の越後高田六十万石の松平忠輝様は、豊臣秀頼に内通していると誣告《ぶこく》があったというではないか。更に怠戦を糾弾され、改易、伊勢の辺地に流罪の沙汰があったが、この時ほどお館様を落胆させたことはあるまいて。そう思わぬか、のう清兵衛殿、あれで、お館様の大志は終わった」

松平忠輝（家康六男）は、切れ目鋭く、人を恐れさせる異相の持ち主だった。端倪《たんげい》すべからざる抱負の持ち主とされていた。異母弟の二代目将軍秀忠と、全く反対の人柄だと評判だった。が、忠輝は伊勢の辺地への流罪となった。

大坂冬の陣では、松平忠輝は、留守居役で遠ざけられ、夏の陣に参陣が許されたものの、豊臣秀頼と内通、怠戦の廉で、改易、さらに流罪とされたのだった。その実は、徳川秀忠が、殊のほか、大器といわれる忠輝を恐れて難癖つけたのだと、もっぱらの風評もある。

江戸の物好きの話題は、昨今、この種の話を好んでいた。

仙台の伊達政宗が、エスパンヤと秘密軍事同盟を企んでいたということだった。一朝有事に際して、大坂湾にエスパンヤのインド洋艦隊を引き入れ、大坂城の秀頼と呼応し、徳川を砲撃、撃破しようとしていた、という。豊臣秀頼が勝てば、秀頼が関白に、忠輝が、将軍職を継ぐ、伊達政宗は執権の手筈であるという。

嘘でも真実でも、この話を幕府は利用しようとしている、と唐木はいう。事の有無は、この際は問題ではない。藩の弱みを見つけて、政治的に利用している、知っているぞ、これだけでよい。充分、脅しになる。秘密は、暴露してしまうと却って力を失うものだ、と。

藩の江戸屋敷の重役たちは、藩と自己の保身に、神経質になっているという。

「情けない。そのようなものですか」

清兵衛は、唐木の世間ずれした感覚に感心するのみである。

仙台藩は、裏（実高）は有に百万石を超えて、超有力大名となったと噂されていた。隠し田である。幕府探索は、その実高も探ろうとし、藩は、ひた隠しに隠そうとしていた。難癖付けて封土を削いだり、余計な賦役を課せられては堪らない。

「物騒な話は、私ごときが知るべきではありませぬから」

清兵衛は、予防線で耳を塞ごうとする。

「気が小さいのう。何、構うものか、おぬしと私の二人だけの話ではないか」

唐木は、大胆だった。幕府と藩の政治的な、駆け引きを推し量っているのだ。

「南蛮に使者を派遣したことが、わが藩の禍根になったようだ。娘婿の松平忠輝様の改易、流罪も、みな根が繋がっているのだ」

文倉家の処遇も、この点にかかっているという。

幕府、三代将軍家光は、

「転ぶに及ばず、杖突かせよ」

といい出していた。切支丹を転ばせるのは並大抵でない、いっそ転ばせず、さっさと殺してしまえという、気短い仰せである。

与右衛門夫妻は、転ばそうとすれば、あるいは転んだかも知れないと思う。しかし、抹殺が、始めから狙いだったのか、と、清兵衛は疑う。

家に帰ると、母の民は、二階の屋根裏で、ひれ伏し、指が折れんばかりに組み合わせ、ぶるぶる震わせて泣いていた。呻くように、光明寺様のお経を唱えている。

『おんなるす様
ともにあゆみたんもに
われらに、わざわいあるとも
おそれじ
われと、ともにあゆみたんもになればなり。
あめん、はれるや』

四

『寛永十六年（一六三九）三月某日、曇り後雨。

黒川在の支倉家宅に、深夜、盗賊が忍び込みたる由、金品は失われず。故支倉六右衛門常長が、南蛮の地にて記録せし門外不出の覚書、日記など、その多くが失われたる旨、届け出あり。何者の仕業か知れず。奇怪なる事なり』

と、清兵衛は、書き込んだ。

幕府探索が、ついに秘密文書を手に入れたのか。とすれば、事は重大である。仙台藩存亡にかかる大事となろう。盗賊は金品に手を触れず、門外不出の、秘蔵とされた記録文書を盗み去ったという。

まさに奇怪としかいいようがない。幕府探索の仕業であるとして、奉行は直ちに奪還を命じた。

切支丹改め所内でも、慌ただしい動きがあった。追手の数隊が、諸方に分かれて追ったというが、手掛かりなく引き返してきた。それっきり幕府探索を追う動きはいつしか消えている。さほど狼狽した気配もない。尤も、追ったとしても、簡単に捕まる相手でもなさそうである。

「幕府探索の仕業ともいえぬぞ、清兵衛殿」

と、唐木は、清兵衛にそっと、耳打ちした。

「支倉家の日誌の存在があって困るのは、藩自身であろうよ。しかし支倉家自身も、もてあましているのかも知れぬな」

と、唐木は、意味ありげにいった。

「藩ぐるみの自作自演と申されるのか」

「いや、そこまでは」

唐木は、言葉を濁した。

「これから恐ろしいことが始まるかもしれぬぞ、清兵衛殿。その前兆かもしれぬ」

この後、唐木は上部組織の評定所にお役目替えとなった。彼の叔父殿の予定の引き立てと清兵衛は知っている。

五

翌年。

『寛永十七年（一六四〇）三月、曇、時々雨。
支倉家郎党、佐藤太郎左衛門一家、邪宗門徒の廉で捕えられる。本日、奉行に供し、藩の囚獄に赴く』
と、清兵衛は、簡明に書き込んだ。
太郎左衛門は、支倉六右衛門常長に随行し、七年間にわたり南蛮に遣わされ労苦を重ねてきた。共に、マドリードの僧院でキリスト教徒となる為、水垢離を受けた。太郎左衛門は、支倉家に数代にもわたって仕えてきた郎党である。

清兵衛と、評定所の唐木の二人は、奉行の供となり、藩の囚獄を訪れ、太郎左衛門と面接した。妻せつ、長男三次（二十三歳）の一家三人が入牢していた。

「一家はキリシタンなり」

と訴人があった。尤も、訴人を待つまでもなく、一家がキリシタンであることは、これも周知のことである。

唐木は、かねて用意していたキリシタン白状書なる書面を取り出し、彼らに読んで聞かせた。

「……主は、われらが罪の贖いのために、十字架に付けられたまえり、この主を愛するが故に、ご公儀は、邪宗門徒は死罪申しつける旨を仰せ出されども、今もこの先も、永遠に、われらは信仰を捨つる事なかるべし。……よって、わが心の証として、この書面を差し出すものなり」

「この通りにきっと相違ないか」
と、奉行が質すと、太郎左衛門は、
「はい、いささかも相違ございませぬ」
と、悪びれなく答えた。
「では、この書き付けに名を記し爪印せよ」
太郎左衛門は、目が見えないようだった。息子の三次は、心に病があったので、終始、首をうなだれたままだった。妻せつが、いわれるように名を書き連ね、二人の指を持ち、それぞれ爪印を押した。
せつは、終始無言で、顔を伏せていた。いや、祈っているようだった。
『からさ
みちみちたんもに
まるや様御礼をなし奉る
はれるや』
清兵衛に聞きなれた、光明寺様のお講に違いなかった。
指を折れんばかりに組み合わせ、ぶるぶる震わせて祈っていた。

数日後、一家三人に、

「穴吊り申し付ける」

と、評定所からお達しがあった。

穴吊りは、卑劣だが最も効果のある拷問である。何日も逆さに吊り下げられて、この拷問に耐えられる者は少ない。糞尿が底に溜めてあり、蛆《うじ》がぞろぞろと頭髪に這い上ってくる。名のあるパードレでさえ、恥辱にまみれ何人かが転んだ。

転びのしるしに役人の誘導によって、念仏を唱えるのである。常人なら、多くは意識混濁して「転ぶ」と、うめく。念仏を唱えさせられる。

清兵衛は、仙台藩の名誉にかけて、一家の穴吊りなどあってはならないことだと思っている。穴吊りは人間のなす業ではない。牛裂き、火炙りが仕方ないとしても、たとえ、幕府宗門奉行の強いお達しがあったとしても……。

清兵衛の日誌。
『寛永十七年（一六四〇）三月某日、雨。
支倉家郎党、佐藤太郎左衛門と、その妻せつ、嫡男三次、邪宗門徒の咎で吊り殺し』
藩は、何者かに急き立てられているように、処置が素早い。

支倉家当主の助三郎常頼に、危険が迫っていた。

常頼の弟、権四郎常道は喚いていた。

「兄者、藩が与右衛門や、太郎左衛門を召しとったのは、われらを追い詰める手段とみた。卑劣なり。その上で、あくまでわれらを邪宗門徒として、追いこんで召し取るつもりに違いなし。われらが切支丹となったのは、先代お館様の意向に沿ったものよ。その申し開きをさえ聞こうとせぬ。このまま屈辱を味わわされて、黙って滅ぼされてよいものか。藩はわれら一族を根切りする魂胆とみたわ。これは、藩のわれらに対する裏切りぞ。この不当を黙って許してよいものか、真の理由を聞かされず、縛についてたまるか」

と、兄に迫った。更に、

「兄者さえその気になってくれれば、わしは、共に最後まで戦うぞ。わが家族もその決意である、同じ死ぬなら、異議を唱え、弓矢を放って、華々しく死すべし」

家に立て籠って、弓矢を放ち、槍を交えて後、最後は火を放って、一族、潔く滅ぶべし、と主張して止まない。

が、当主の助三郎は、ついに頷かなかった。

「不忠を問われ、卑怯を問われるならば、わしとて名誉のために戦おう。しかし、切支丹門徒の罪を問われた今、弓矢を取って戦う意味は見当たらぬ」

と、答えた。

弟権四郎は、武門の意地を通すべしと強硬に主張し続ける。二人の議論は夜を徹して行われたが、意見は交わらなかった。

『寛永十七年（一六四〇）四月某日、晴。
支倉家当主、勘三郎常頼（四十歳）邪宗門徒の召使を匿った廉により所領没収の沙汰下され、斬罪』

と、清兵衛は記した。切腹ではなく、斬罪である。切腹は名誉を重んじ、斬罪は不名誉な罪人に対する処刑手段である。

『寛永十七年（一六四〇）四月某日、終日、晴。
支倉寛三郎常頼の弟、権四郎常道は、逃亡するが捕縛され、妻子三人ともに斬罪、六十貫の所領没収、支倉家は、家名断絶となる』

と、清兵衛は記した。

弟、権四郎常道は、兄者と同じ道は行かぬ、と嘯《うそぶ》いて家族と共に夜陰に紛れて、一旦は逃亡した。

が、水沢方向に向かう山中で逃亡の虚しさに思い至ったか、突然引き返し、妻子三人、縛についた。支倉家一族は、根絶やしされた。

清兵衛は、帰宅すると、母の民は、独り二階屋根裏に引き籠って、静かに、光明寺様のお経を唱えていた。
『おんなるす様、
御身と共に女人の中においてましまして
御果報よみしきりなり。はれるや』

きり、せつ、民の三人で、十何年も支えられていた、光明寺様のお講は、とうとう、民、ただ一人になってしまった。

低く、はれるや、と民は叫ぶ。雉の飛び立つ時のように鋭く短く叫ぶ。そして泣いた。終日泣き続けている。藩は、母の民を裏切り続けている。

清兵衛は、自宅に帰り、階下の畳の上に寝ころび、物思いに耽っていた。藩は、藩の組織を守る為には、何でもやるらしい。

「私は気の小さい男だが、藩も小さい」

ごろりと寝返りを打った。どうしようもない怒りのようなものが、油然と湧き上がる。どうにも、はけ口のない怒りが。

やがて起き上がり、二階の民の籠る屋根裏に、上がっていった。

天井に頭がつかえて屈みこんだ。

「お講は、母者一人だけになったが、まだ続けるのかい」

「ああ、続けるとも、お寺さんのお墨付きだから」

いささかの揺るぎもなく、泣きはらした目で、爽やかに返事があった。いい知れぬ感動が、油然と清兵衛の心を捉えた。

清兵衛は、階下に降りた。はれるや、と、初めてその言葉を、そっと口に出してみた。練習のつもりである。もう一度、恥ずかしげに、はれるや。脳髄から背筋にかけて、爽やかな感触が、突き抜けていった。

藩など頼りになるものか、お奉行様とて、殿様とて、当てになるものか、藩の組織そのものが、個人を追い詰め、殺すではないか。

清兵衛は、怒りをどこにぶつけてよいか分からないでいる。


清兵衛は、抑えようのないある決意が、胸の内に潮のように高まってきているのに気付いている。

お講は、私が引き継ぐよ。長く秘めていたその思いを、今日は、母に伝えるつもりでいる。その前に、聞き覚えを唱えてみた。

『われらに、わざわいあるとも、おそれじ、はれるや』

初めて唱える光明寺様のお経だが、案外、すらりと気持ち良く口から出た。多少、気恥ずかしい気持ちもあるが。

母の民の声に似せて、まさに飛び立とうとする雉の一啼きのように、はれるや、と、小さく鋭く叫んでみた。いい知れぬ快感が全身に漲った。清兵衛は、決心がついている。

今日こそ、わが心の底に長く秘めていた思いを、母に打ち明けようと思っている。

再び、二階の屋根裏の狭い空間に上がっていき、窮屈そうに片手を天井にあてながら、清兵衛は、いう。

「母者、ちょっと話があるのだが」

「何さ、改まって」

「前から考えていたのだが、お講は私が引き継ぐよ。母者一人では、いかにも寂しそうだ」

「こうなると信じていた」

涙の民に、久しぶりに笑みが甦った。

「それに」

清兵衛は、少し照れながら、

「お講は、三人以上でないと成り立たないのだろう。誰かを誘ってみようと思う。母者、よいかな」

清兵衛の頭の片隅に、あの居酒屋「ひょうたん」の、つやさんという娘の、ぽっちゃりと愛らしい面影が、しっかりと浮かんでいる。

「お前が気に入って良いというなら、誰だってあたしに異存はないよ」

民は、清兵衛の手を取り、いとしみさすった。

「町家の娘さんで、まだどうなるか分からないがな」

「いいよ、多分、あの娘さんだろ、いつか、お前が話していた、ひょうたんとかいうお店の、つやさんとかいう」

「えっ、話したことなど、あったかな」

清兵衛は驚いた。すべて、お見通しのようである。

だが、問題は、当のつやさんが、こちらに気を向けてくれるだろうか。承知してくれるだろうか。どのように誘いかければ良いだろうか。全く未知数である。

しかし、あの娘なら、つやさんなら母の民とも、きっと仲良くやっていけるだろう。気配りのできる優しい娘だ。町家の娘なので、仮親を立てて、嫁に来てくれるようになれば、なお良い。

と、密かな想いを温めていた。

これからは、下城に際しせっせと「ひょうたん」に立ち寄るつもりである。

その日、暗い番所の小窓にかかる欅の小枝が、軽く揺れているのが見えた。

『寛永十七年（一六四〇）四月某日、晴。城下に春燕が飛来す。ほか、特記の事項なし』

と簡略に記入した。今日は、事件なく平穏だった。

窓外をぼんやりと眺めていた。春燕は、切支丹改め所周辺にも飛び込んできていた。櫓《やぐら》の甍《いらか》の裏の辺りに、忙しく飛び来たり、飛び去り、新たな巣を作りそうである。そうなれば楽しいと、燕を喉けたい気分だった。


清兵衛は、仕事を終えた。日誌を上司に目を通してもらい、書庫に仕舞い込んだ。

人のいない書庫内で、口の中で、ぶつぶつと光明寺様のお経を試みた。

「お講は自分が引き継ぐ」

その決意が、潮の満ちてくるように、次第に高まってきている。これまで、気の小さく、何にびくつき、何を怖れていたのだろうか。そのことの方が不思議なくらいである。


遠く、海鳴りが聞こえるように、力強い不思議な力が高まり、満ちてくるのを感じている。

自分は、何者かに、引き寄せられ、手繰り寄せられているらしい。

「はれるや」清兵衛は幾度か試みる。霧がかかったような不安、怖れが、その勢いで消えた。

いく度も、不思議だな、と思っている。

光明寺様のお経の効能というべきか。

『おんなるす様
ともにあゆみたんもに
われらに、わざわいあるとも
おそれじ
われと、ともに、あゆみたんもになればなり。
はれるや』

清兵衛は、自宅に帰った。

跳ね階段を伝って、息苦しい狭い二階屋根裏空間に上がった。

お厨子《ずし》や、小さな背面十字架の阿弥陀如来様の前で、民は相変わらず、背を丸め込み、小さくなり、一人、静かに祈っていた。清兵衛は、民の背中を優しくさすった。励ますように力強く、民に囁いた。

「お講は、母者一人にさせないよ。私も加わるから。私も支えるから。私も引き継ぐから。その決心がついたから。それに、ある人も加わってくれそうだから、賑やかになると思う。更に、私らの次の世代も、その次も、このお講を、きっと引き継いで伝えてくれそうに思えてきたから。母者達で立ち上げた、このお講だが、後々の代に引き継がれるに違いない。そんな気がしてならない。これは祈るだけだが。でも、きっと引き継いでくれる気がする」

この日も、廻り道で、「ひょうたん」に半刻ほど立ち寄って一杯ひっかけて帰ってきたせいもあって、元気が良い。

清兵衛の顔色から察すると、つやさんから、良い知らせがあったのに違いない。と、民は察している。

「意地でも切支丹になってみせよう。なに、われ等の身に禍などあるものか、おんなるす様が、大いなる御手で、しっかり守ってくださる」

これは独り言であるが、その想いは、やがて確信に姿をかえている。

切支丹として生まれ変わるには、水垢離の儀式を誰かに執り行って貰わねばならない。

異国の老いた上人が存命で、今なお水沢の近くの山奥に潜伏しているという噂が、切支丹仲間に、密かに語り継がれているのを知っている。

されば、その方を訪ね当ててみよう。場所は広瀬川の中州こそ相応しい。

水垢離の瞬間が、今、まさに、清兵衛のまぶたの裏に滲んでいる。やがてその時がくる。異国の上人の御手の導きで、清流に身を沈めよう。その時も、きっと春燕が飛び来るに違いない。

約束の島

一

　数日来、流人御用船の座敷牢で鎮座していたが、

「海を望まれては、いかがか」

　付け人の声に誘われて、宇喜多八郎秀家は、船の舳に立った。南からの潮風を頬に受けた。

　追放の処置で伊豆の南端下田港で、出帆の風待ち日和待ちをしていた。

「あの汚れた記憶から逃れられようか」

　自問の日々を送っていた。目は、虚ろに、海の彼方を遠く彷徨っている。日夜、付きまとって離れない、汚泥の底に沈んでいる、あの日の記憶の残骸。

　短衣、帯一本の姿で、総髪を束ねずに風に靡かせて、南からの暖かい風を顔の全面に受けている。これから、生涯を送るに違いない未知の南の島で、あの忌まわしい、憤怒の記憶の塊から逃れられるのだろうか。自分から、すべてを奪った、あの仮面の少年を赦せるだろうか。それとも、忌まわしい記憶の塊に、なお苛まれ続けるのだろうか。

あの忌まわしい記憶とは、六年前に遡る。

美濃の関ヶ原の草原で、早朝から始まった会戦、慶長五年（一六〇〇）の初秋の　悪夢に似た敗戦の半日のことだ。

戦いの趨勢の鍵を握っていたのは、柔和な色白の仮面の少年である。友軍の仮面を被っていたが、ここという切所で、仮面をなげうち、俄かに背後から秀家を襲ってきた。本性を見せたのだ。最大兵数が敵に寝返った。しかも背後から。

まだ乳臭い、小顔の、頭の働きの弱いと思っていた、あの少年の面影。

「あの少年を赦すことができるだろうか。忌まわしい、少年の背信の記憶から、逃れることができるだろうか」

少年は、小早川秀秋十七歳。金吾の別称もある。純情そうな見かけによらず、したたかな計算と怖ろしい魂を持っていたのだ。

宇喜多秀家は、その少年の一撃で、栄光への途上から地獄へ、破滅へと、小蝿のように叩き落とされたのだ。

秀家は、備前の領内にパードレを招き布教を許した。家臣団にも信徒が多い。旧来の法華の信徒と争いが絶えなかった。

「汝に犯した者の罪を許せ」

と、パードレはいう。

しかし、秀家は、

「心は、わが想いのままにはならぬ。心の主人である自分から離れて勝手に独り歩きするわ」

と、うそぶいていた。


自分からすべてを奪ったその少年は、何故か、二年後に十九歳で死んだ。狂死したと伝え聞く。

復讐しようとは思わぬ。いや、復讐しようにも、その少年は、すでにこの世に存在していないのだ。裏切りという罪の重さ、恐ろしさに耐えられなかったのか、毒を盛られたという噂もある。たとえ復讐しても、一旦の、記憶が消えるわけではない。その記憶、そのものが秀家に、重くのしかかり狂わせる。

秀家は、付け人に、告げた。

「今日限り、宇喜多秀家の名を捨てます。明日から浮田休福と、気安く呼んでくだされ」

その少年と秀家は、いずれも故太閤の養子、義兄弟の間柄だ。秀家が八郎と呼ばれた幼少のころ、兄貴分として、よく遊んだ。義弟とはいえ、実弟の情愛を持って接してきたつもりだった。いずれも太閤にこよなく愛された若者、羽柴の姓と、秀の名を共有する。いずれも中納言という官職を有し、やがては、いずれかが関白という顕職に就くと、お互いが意識していた。

その時、秀家は備前五十七万石、金吾と呼ばれる少年は筑前五十三万の太守だった。

秀家の解けない疑問は、少年が、それほど、この自分を憎んでいたのか、この世から消去したかったのか、自分の存在が許せなかったのか、ということだ。ずっと前々から、少年は、その想いを秘めていて、何食わぬ顔で、秀家に兄事しながら、あの怖ろしい企みを隠し持っていたのか。あどけない純な顔で、怖ろしい魂を持ち併せていたのか。

西軍の最大兵力は秀家の一万七千、ついで少年の一万五千だった。

秀家は、戦意盛んで地の利を得、緒戦、勝利を確信していた。敵を押しまくり、戦況は有利に展開していた。

金吾少年は、側面で秀家を援護すべく出撃の機を窺っていた。少年が新手として出撃すれば、それで戦いは完勝の筈だった。

が、金吾少年は仮面を被っていて、その戦いの切所で、仮面を脱いで悪の正体を現したのだ。

金吾少年の率いる筑前兵一万五千は、援護すべき秀家の備前兵一万七千に、逆に背後から襲いかかってきたのだ。かねて裏切りの噂はあったのだが、秀家は、「まさか」と、少年を信じようとした。

しかし、その「まさか」が起きた。

金吾少年は、

「わが敵は、正面の東軍に非ず、眼下の備前なり。間違えるな、構わぬ、備前を叩き潰せ、背後から撃て、撃ちまくれ、打ち崩せ、時は今ぞ」

と、声を震わせ、叱咤した。

まさかの背信、まさかの同士討ちの命令に、金吾少年の将兵すら面食らって混乱している。彼らの一部の武将は「あるまじき」と、戦場を離脱した。

「よい、構わぬ。迷わず撃て、撃て、備前兵を背後から崩せ。わが敵は備前の宇喜多なり」

と、猛り狂った。

かの少年の指揮する筑前兵は、喊声を上げ殺到してきた。挟撃を受けて、秀家の一万七千は、多くの死傷者を出し壊滅した。秀家は供回りのみで戦場をかろうじて離脱した。伊吹山中で窮死と世間に伝えられた。その時の、迫りくる大喊声が、今も耳を離れない。

少年は、背信の代償として、秀家の故国の、豊かな備前の国を得た。新たな太守となって秀家のすべてを奪った。

すべてを奪った代償として、少年自身は二年後に狂乱して死んだと聞く。更に、奪った国は、巧みに、江戸政権に没収された。かの仮面の少年も又、背信の代償として、得たものを含めて、すべてを失ったのだ。二人は、共にすべてを失った。二人は、帳消しの筈だ。

少年は、自ら滅ぶことで、その罪を償った。

「もう、少年の罪は赦されてよい」

と、秀家の一方の心は寛容している。しかし、もう一方の心が、滅び去った少年を、なおも追いかけて、決して赦さないのだ。憤怒の記憶のみが独り歩きする。

その赦さない心が、いっそうの、飽くなき代償を求めてさすらい、秀家の肉体を蝕んでいった。四肢の血管の血が、憤怒で、ぐつぐつと音を立てて泡立つ。血が逆流するとはこのことか。心は腐り、体は壊れかけていて、動作が緩慢となり、足は鉛を引きずっているように縺《もつ》れる。八十歳の老翁でも、もっと軽やかに歩行するだろうに、動きは瀕死の人のように鈍く、目は死魚のように白濁して、どんよりと惚けて見える。

心も臆病になっていた。前に歩み出せないのだ。幽鬼のような表情で、よろよろと縺れる。

秀家は、幼少より多少、眇《すが》めの癖があった。今も、あらぬところを見つめて、終日、ぼんやりと過ごす。何を思い出しているのだろうか。過去の、華やかな栄光か。それとも、あの忌まわしい、仮面の少年の恐怖だろうか。秀家も又、少年の罪を赦さない代償を、支払いつつあった。

秀家の内部で、少年に対する寛容と、不寛容が闘っていた。今なお、闘い続けている。一方の心が赦しても、もう一方の心が赦さないでいる。

（そして今）

潜伏五年、捕囚の身となり一年、都合六年の屈辱の日々を過ごした。最終の判決として、敵は、秀家の首を刎ねず、遠島を宣告した。

遠くで生かしておいても、仇をなさぬ、刃向う気力なしの判断であろうか。

いっそ、首を刎ねてくれた方が良かったのだ。あの忌まわしい記憶から逃れることができる。しかし、この身は滅しても、あの憤怒の記憶のみが生死を超えて、塊となって、空中を彷徨うだろう。記憶は、記憶の主人である秀家から離れて、ひとり歩きする。

二

伊豆下田より海上七十里の八丈島の女童《めわらべ》のりよは、はや十八歳になった。

キラキラした、黒曜石のような瞳をしている。大地から生えたような太い脚、丸い顔、小太りで、どっしりしたお尻を、もちもちと振って歩く、肌色は黒っぽい。

その南の島は、古くから海人の間では、女護が島と伝説の島だ。いつの時代でも、不思議に女の数が圧倒的に多い。のみならず女の力が強く、古文書に女国《にょごのくに》と書かれている。海難と陸上の災害が絶えず、その都度、何故か男が淘汰されてきて、女が生き残ってきた。

船底一枚の裏が地獄の海人にとって、海難にあっても、その島に流れ着けば幸運が待っている。大勢の女に囲まれ、女の柔肌に包まれる。危険と隣り合わせに、常に至福の境への夢がある。

周辺の海域は、黒潮海流が、この島を護るように、大河の奔流のごとく盛り上がっていた。


「明日、国奴《くんぬ》の流人《ずにん》十三人が入島する」

仮屋（陣屋）代官が、島内五ヶ村の名主に知らせを走らせた。国奴とは本島人のこと。

「この島で受け入れよ、という江戸のお達しだ。御用船の着岸は、早朝の予定」

「罪人を受け入れよ、だと」

名主らはざわついた。各地からの漂着者が多い島だが、流人受け入れは初めてのことだ。

「島は、黒潮海流の真只中にあって、いつの時代でも多方面からの漂着者が絶えない。漂着者は、喜んで受け入れる倣いだが、流人というからには、いかなる咎人か、この島の平和が護られるか」大いに気がかりである。

代官は、

「いやいや、心配はいらぬ。元中納言の公達《きんだち》と家族や従者の御一行だ。戦さにこそ負けたが、穏やかな人柄と聞く。むしろ、島に益することも多いだろう」

代官は、好意的だった。更に、

「備前五十七万石の大旦那だった宇喜多秀家という。関白という顕職に昇るだろうといわれた御仁だ。だからといって、ここでは、特別な扱いはせぬ。罪人扱いもせぬ。自由に、全く普通に、島に溶け込んで暮らさせるから承知して貰いたい。分け隔てなく歓待してやってくれ。御赦免はあるまいから、生涯を送ることになるだろう」

雨風の多い島だが、雨が上がれば、海風が快い。

「沖に帆が見えた」と、望楼の太鼓が、どんどんと打たれた。

これを合図に、大勢が浜に集まってきた。

島は、昨慶長十年、御神火の大噴煙に包まれた。噴煙が消えると島の半分が変容して、巨大な新山が生まれて聳え立っていた。新山は、流麗な稜線と、なだらかな裾野を曳いていて、この島の富士と呼ばれる。

少ない耕地と浜辺は、大噴火の降灰と黒い岩塊で醜く埋まった。当然、不作である。

りよのアセイ（兄）の佐平次は、口癖のように言う。

「山の神は、何を不満としているのか」

同じ年、巨大な潮吹上げ（津波）が、陸に押し寄せて溢れた。島は、黒潮海流の彼方に没するかに思えた。死人や、行方不明者が多く出た。

「海の神は、何かを不満としている」

漁師のアセイは、船霊《ふなだま》様の存在を固く信じている。船霊と交信できるのはササギ様（巫女）だけで、清らかな少女の中から選ばれる。

「海神に、ササギ様を通じて供え物を捧げて宥《なだ》めねばならん」

アセイは、海が荒れているときは、わずかな耕地で百姓をする。


島は海陸の災害に周期的に襲われるが、災害で受難するのは、古来、何故か、常に男の側で、男が厳しく淘汰されてきた。この島を襲う災害は、何故か女に優しい。山の神、海の神は、なぜか、この島の男を殺し、女を護った。

各地から、漂着者が、次々と入島する代わりに、島の男もまた、漂流者として、次々と、どこかに神隠しに遭って失せる。黒潮海流に乗せられて、島から姿を消すのだ。

他島からの漂着者の多いのは、神様の深慮と古老はいう。神様が、新しい民の血を注入されるのだ。漂着者を好む、すなわち新人《あらびと》好みの島の風習が根付いている。

この島に漂着した者は幸いといえる。

先年も、大陸の華人百余人が流れ着いたが、その多くは帰国せずに島の女と結ばれ定着した。漂流の地獄から救われて、猛き心も、島の女の柔肌に包まれ、心をとろかされ、航海の苦難を忘れて至福に至る。それを伝え聞いて、女護が島の伝説が、海人らの間に、更に増幅され喧伝された。

さて、御用船を迎える為に、代官は、島の地役人を多数引き連れて、陣笠を被って、床机に腰かけて見張っていた。

浜の水深が浅いので、直接に接岸できない。御用船は、遠く沖に錨を降ろした。いつものように、老若の女たちが、頭上の竹筒に幾ばくかの食料（不作なので十分ではない）を載せている。りよもその一人として混じっている。

江戸の護送役人と、流人たちは二隻の艀に乗り移り、降灰で黒ずんだ浜辺に降り立った。昨年の、凄まじい御神火や、潮吹上げの残骸で、黒い岩塊がごろごろしている。未だに硫黄が煙り、悪臭が鼻を衝く。しばしば海水を蒸気に噴出させている。

流人の頭領の宇喜多秀家は、ひときわ長身だった。その長身の男を中心にして周りを従者らが守っている。

浜の女どもの注目が、長身の男に集まった。

顔色は蒼白で、幽鬼と見まがう蹌《そう》踉《そう》とした足取りで、黒ずんだ砂浜に足を踏み入れた。一歩一歩砂浜に足を取られぬように慎重に歩んでいる。

が、突然足が止まった。次の足が出せないでいる。躊躇っている。次の一歩が、容易でないらしい。動作が緩慢で、後ずさりさえする。用心深いのか。臆病なのか。

あらぬ方向を見ているようだ。眇めらしいと気づいて浜に小さな笑いが起こった。浜辺に緊張が和《なご》んだ。

頬はくぼみ、憔悴し亡霊の類に見えた。家族や、郎党、従者らしき何人かが、ゆるゆると後ろに続いた。

彼らは、長身の男の移動を、気遣い、辛抱強く待っている。危険を感じると、抱きかかえようとしたりしている。

総髪を束ねずに背になびかせていた。しかし、目は常に虚空を彷徨い、放心しているように見える。

「死人の顔色じゃ。もしや病か」

しかし、その男を近くで見ると、案外、姿、形がよい。その蒼ざめた顔は、やや、のっぺりだが、元々、品のよい顔立ちと重なって、憂愁の凄みを帯びていた。遠くから見るのと、近くでは違った。


近くにいて覗き込んだ年配の女の一人が、思わず「ああ」と、感嘆の声を上げた。

「ごらんよ、凜々しい男、良き男よ」

その称賛の声は、さざ波となって、出迎えの女の中に伝播していった。

「ほんに、優しげな、都の公達らしいよ」

りよも、近づいて、その男を、おそるおそる見た。国奴とは、なんと蒼白なのか。色白なのか。気味の悪い、異郷の人。その陰鬱さは尋常ではない。妖しげな光芒を放っている。


りよは、魅入られたように、ぼんやりと目を当てていた。

ざわめきが聞こえる。

「死に人ではない。ほら、良い男よ」

遠くと近くで、評価はまさに逆転する。薄気味悪い死人から、そうでもないと、讃嘆に変化した。

その陰鬱な男が、どす黒い岩塊に躓いたとき、りよは、思わずわれを忘れて駆け寄った。

「やれやれ、危ない。肩にお掴まりなされ」

陰鬱な男は、りよのがっしりした肩に助けられて、哀れっぽく悲しそうな顔をした。

地役人の一人が、りよの行動を目ざとく認めた。

地役人は、代官に、何やら意味ありげに、耳打ちした。代官は、りよの方を見て、これも意味ありげに、顎をしゃくった。

代官は、周りの数人の地役人に、

「備前宰相と謳われた華やかな過去を持つ御仁よ。太閤の寵を一身に集めたお方じゃ。戦さに負ければ哀れやの。いずれにしても、適当な女子を選んで身の回りの世話させてやらねばなるまい。機《はた》織り女《め》ということにして、心当たりを探してくれ。従者らにも、それぞれ、水汲み女《め》を世話してやらねばならぬ」

と、囁いている。

代官の前を通過するとき、自分の名前を大きく言う。男子二人は、それなりに面構えも良く、堂々と胸を張って艀から上がってきた。あたりを少し睨み付け、怖《おじ》ける気配は全くない。

「名を申せ」

「宇喜多秀家の嫡男、秀高十五歳、同じく次男、秀継七歳」

「よろしい、通れ」

女は、彼らの乳母と下女だが、二人の女の胸元には小さな白いクルスが、鈍く光っていた。

「されば邪宗の門徒か」

浜辺に衝撃が走った。後ろに郎党、従者らが続いた。

りよは、アセイ（兄）の佐平次と二人、人里離れた山裾の小さな小屋に住んでいる。

彼女は、決して美人ではないが、頬は、垢のついた手まりのように愛らしい。明るい娘だ。

りよは、常は、機織り小屋で働いている。黄、樺、黒の三色の草木染の紬である。いつの時代でも、本土の支配者が珍重して税に代えて貢絹《こうけん》させていて、その貢絹御用船が、風向きを見て、本土と島を定期的に往還している。


りよの肌色は、黒っぽい。日焼けの所為だけではない。

誰かがいう。

「漂着者の末裔の徴《しるし》じゃ」

「うちが、なぜ」

漂着者の末裔であっても、何の差別もない島だが、やはり、それなりに気になって、しげしげと腕の肌をさすりながら、アセイの佐平次に聞く。

「南の、どことも知れぬ島からの漂着者の末裔だろうと言われたが、まことか」

「知るものか。船霊様だけが知っておる。ササギ様に伺え」

そっけない。

船には、それぞれ一艘ずつ船霊様が必ず宿っておられる。これも言い伝えである。

ササギ様は、船霊との霊媒者のことだ。清らかな女の中から選ばれる。

アセイは、漁に出るせいもあって、船霊様の存在を固く信じている。というより怖れている。

陸にはミケコ様（霊感者）がいて、島人の暮らしに指針を与えてくれる。この島には、神様がむやみに多いのだ。

あまりの神様の多さに、代官は取り締まろうとして、高札を差し掛けた。

『女子の内、神の子と唱え、種々怪談いたし、神仏の罰などと申し散じ、諸人を惑わし候由、不届きの事にて候。向後、さような者あれば召し取り吟味致すべく、さよう心得よ。　地役人』

ササギ様の仮面の正体を、りよは知っている。近隣の洟垂れのチャンガリという名の小娘だ。

何が清らかな娘か。それを知っているから、信用できない、というと、

「ならば、ミケコ様のオイソ婆ぁ様に伺ってみよ」

あのオイソ婆ぁ様の正体は、隣村の、小金を貸して溜め込んでいるという強欲婆ぁだ。と、これも、りよは知っている。しかし確かに、恐るべき鋭い霊感力を備えていることも確かだから、それなりに怖い存在だった。

道でオイソ様に出会った。

「オイソ婆ぁ様」

りよは、敬意を表して、にっこり笑みを造って丁寧にお辞儀し、ついでに占いを頼んだ。

「うちの先々を占ってくださらんか」

オイソ婆ぁ様に、うろんげに見つめられた。

りよの、色黒の肌と、丸い顔、黒曜石の瞳をオイソ婆ぁ様は、じろじろ見て、無遠慮にいった。

「りよ、といったな。教えてやる。良い星の下に生まれておるぞ」

「うちの先祖は、遠い島から来たのか、うちは漂着者の末裔か」

「そうだ。お前の肌色、その黒々した瞳は、その証じゃ。お前の先祖は、南の島から島を伝い、黒潮に乗って、ついに、この島に導かれたのじゃ。多くは、途中で息絶える。この島に辿り着いたのは、選ばれた強い民の証じゃ。お前は、先々、平和な幸せを生きることになる。その権利があるのじゃよ。血が混じり合い、一族は、大いに栄えて、枝を増やして多勢となる。神様は血が混じり合うことを望まれるのじゃ。この島の大地に根を生やすだろうて。一族の中心がお前になる。幸せの徴が、わしに見える」

オイソ婆ぁ様は、りよに、重々しく告げ[illegible]。

そのお告げがあって間もなく、りよの小屋に地役人が訪れて、現地妻の話を持ち込んできた。

「りよ、折り入って相談がある。機織り女ということで、流人の頭領の宇喜多秀家、いや浮田休福という御仁の、身の回りの世話をしてやってくれぬか。流人とて、放っておけぬ。島人と同様に混じって暮らさせるということじゃ。勝手も分からず、不自由であろうと代官の仰せだ」

藪から棒の話である。呆気にとられた。

「身の回りの世話をせよと」

よく意味が分からなかった。地役人は、

「機織り女というが、分かっておろう。奥方じゃ。馬には乗ってみよ、人には添ってみよというではないか」

「……」

「適当な女子がおらんのだ。浜で、あの娘なら、と、代官の仰せじゃ。御眼にとまったのだ。あの国奴は、陰気な人に見えるが、りよは、明るいからな。つり合いが取れて、よいと思う。ぜひ、承知してくれ、頼んだぞ、悪い話ではない」

「うちが、その適当な女子というわけか」

しかし、りよは、満更でもない笑みを浮かべた。

りよは、アセイの佐平次と相談する。

「お前さえ良ければ、それでええが」

幽鬼の男が、好きになるわけはないが、元々育ちの良い公達で、凜々しい美男子だったと分かる。あまり好みではないが、さりとて、このまま行かず後家で、腐り果てるのも嫌だ。ここは、勝負してみるか。

秀家らには、それなりの古民家が、与えられた。庭は広く、風防の玉石を積み重ねた塀に、しっかりと囲まれている。

りよは、その話に乗って、旬日後には、浮田休福こと、秀家の家に入っていた。

りよは、秀家の、ねちねちとした性格には閉口する。夜ごと、いまだに、背後から撃たれた記憶に苦しみ愚痴るのだ。時に、深夜というに、恐怖の面持ちで、狂ったように、棒立ちになって叫んだりする。

「まさか、あ奴が」

りよは、従者らから、合戦の敗因を聞いて知っている。

夜明け前になると、よく、うなされている。憤怒の記憶の残骸に振り回されているらしい。恐怖が蘇るらしい。臥所は二十畳の広さで板敷で筵が敷いてある。

背中と背中、お尻とお尻をくっつけて、りよは、秀家と眠る。

りよのお尻は、もちもちと豊かだが、秀家は痩せ犬のようである。負け犬となって、身をすくめて眠る。夢うつつの中に、

「すでに赦しているつもりだが」

と、秀家は呻いている。何の事だろうか、夢見ているのか、

「赦してはいるつもりだが、実際は赦せていない」

お尻と背中を通じて、呻きが伝わってくる。

「金吾も分かっていたのだ。狂って死んでしまった。あ奴は、己の行為の罪の重さに耐えかねたのだ」

呻くたびに、体が震え壊れていくようだった。記憶の残骸に埋まって悶えている。

「哀れな、御前《ごぜん》」

りよは理解できそうにない。秀家は、

「りよ、わしの腕に耳を当ててみよ。聞こえるか、この、血の泡立つ音が」

りよは、知らぬ、聞こえぬと答える。

「血が逆流する、泡立つという言葉は、本当のことだな」

と、独り言のようにいう。

「もう、いい加減に忘れなされ、ここは、別天地じゃ」

その恨み深さに、りよは驚くのみである。

あらぬ方に目を彷徨わせて、うなされている。何かを思い起こしているらしい。

(この人は、人を赦せないで、自らを苦しめている)

りよは、哀れでもある。

りよは、女子にしては四肢に強い張りがあった。秀家は、寝所で腕を、りよの首に廻し、その強く発達した腿や、その付け根をさすったりする。豊かな内股に掌を休めたまま眠る。

「心が、妙に静まるわな」

と呟いている。


りよは、よく気が利き快活で皆の世話を良くした。

秀家との間に、子が生まれ、太郎丞と名付けられた。長男に、太郎を付すのは島の風習だ。

従者らにも、それぞれ、水汲み女という名目で、妻が世話された。


代官は、秀家の一行を自宅の酒席に招き、自分の娘の、わか（十二歳）を侍らせ、食膳の上げ下げを手伝わせた。島の濁酒をすすめながら、

「娘の、わかです。よく覚えておいてください」

秀家の嫡男の秀高に娶せたいと、冗談に紛らし、その意を漏らした。本心である。

数年後、秀高は、代官の娘の、わかと結ばれる。男子が生まれて太郎坊と名付けられた。

りよの産んだ太郎丞と、わかの産んだ太郎坊は、兄弟くらいにしか年齢差はない。

鳥も通わぬという。しかし、鳥は多い。めじろ、雉、つぐみなど野鳥の種類は随分多い。うぐいすは年中囀った。ホトトギスは、この島では「おとうと恋し」と鳴く。海難で神隠しとなった「弟、恋し」と聞こえる。

蛍草という、夜目に怪しげに発光する草があった。

魚介類、海藻類は豊富であり、地形が斜面で、水流は急だが、雨が多く、水に困ることはない。

谷間など、岩に囲まれた優美な温泉が湧出していた。温泉に、体を休めながら、眼下に打ち寄せる飛沫が豪快に望めた。

「生活は勝手たるべし」

島の中ならば、どこに往来しても差し支えないが、自給自足せよという。グミ、川芋など食する木の実もあるが、毒茸も多い。

秀家と一族郎党は、次第に島の生活に順応し始めている。

従者らは、畑を耕し、器用な者が備前の葦を栽培して、莫蓙を作った。更に畳表や備前の竹細工を作った。男たちは、泥色に染めた山着と称する短衣を纏い、備前の工芸技術を伝え、島に溶け込んでいった。

「島抜けは、崖から海中に突き落とし」

掟である。島抜けを考えなければ、日常の生活は勝手である。何の拘束もない。但し、自活できなければ、餓死する。秀家は、天気の良い日は、浜に行き、北西を望んで釣り糸を垂れた。備前の国がその方向にある。舟を浮かべることもあった。

いつか、崖下の海中に落ちた。危うく溺れかかったのを、通りがかりに助けられた。以来、りよは釣りに行くときは、できるだけ、そばにいる。

秀家は、何年か島に生きて、顔に、幾分血の気が蘇ったかに見えたが、未だに、体の不調を訴える。

「体の節々が痛む」

というが、りよは、いちいち取り合わない。


豪様という名が、郎党間で時折、囁かれていた。

「豪様と呼ばれるのは、本土の奥方のことか」

りよが問うが、秀家は答えない。

「御前は、お優しいお方ゆえ、豪様は幸せだったろうに、お気の毒じゃ」

「もう、いうまい。今生、再び会うことも叶うまい」

秀家は島人に馴染まれたが、又の名の浮田休福と呼ぶ者はいない。

「備前の黄門様」
もっぱら、その愛称で呼ばれるようになった。黄門は中納言の別称である。風采も穏やかとなった。
あの仮面の少年の金吾も、中納言の別称である。

三

命は嘆きのうちに、歳月は呻きのうちに尽きて行けり。
詩篇

関ヶ原の草原の大会戦の前夜、豪は、大坂城下の備前屋敷にいた。霊験あらたかと聞いていた観音様に、戦勝祈願の文を送った。

……返すがえす、中納言様のご祈禱に、御観音様へ百日参り召されて、よくよく御祈念召され候べく……世上には中納言様多く候まま、御名乗り秀家様と申し候まま……、御災難なく、御弓矢の冥加《みょうが》ござ候ように、よくよく祈念候べく候。中納言様は申のお歳にて候……

「世間に中納言多く、観音様に取り違えのないよう申歳生まれの秀家と、よくよく繰り返してください」

と、銀一枚を添えて願いを託した。

秀家は華美を好み、駿馬に跨り金銀をちりばめた太刀を佩《は》き、宇喜多陣太鼓とともに、一万七千の精兵を率い颯爽と出陣した。美麗な若武者振りである。

しかし、観音様は中納言を取り違えたのだ。かの仮面の少年、金吾中納言の側に弓矢の冥加をお与えになった。

秀家は伊吹山中で行方知れずとなり、窮死と伝えられた。いずこかへの逃亡説も流れている。

敵は、秀家の男子二人を見逃さなかった。「男子ありと聞く。その二人を、直ちに江戸に連れて参れ」と厳しく迫った。

夫、秀家は行方しれず、男子二人を江戸に拉致されるとあって、豪は失望の淵に立たされた。

家族は、散りぢりに、引き裂かれる。

息子を江戸に送ってしまえば、生殺与奪は敵の思うがままとなろう。

豪は、愛する者を一挙に奪われるという恐怖を味わうことになった。心身が、暗闇の底に果てなく転落していく。手に縋るものは木切れひとつない。

豪が、災いの淵にあるとき、かねて親しい大名家の婦人、内藤ジュリアと京極マリアらが救いの手を差し伸べてきた。

「主の御手にお縋《すが》りなさいませ」

彼女らの勧めで、豪は、息子ともども、洗礼を受け、切支丹となった。豪はマリア、嫡男秀高はヨゼフ、次男秀継はディエゴと呼ばれる。


愛する息子二人を、やむなく江戸に差し出し、豪は大坂の備前屋敷を立ち退き、兄を頼って加賀に身を寄せた。

兄は加賀藩前田家の二代目の藩主だった。豪は、老僕、侍女ら数人で暮らした。屋敷は千五百坪の広さがあって、翠濃く、塀の周りは、春には雪溶けの水が巡っている。

切支丹頭領格の高山南坊（高山右近）が、客将として近隣に居を構えていて、各地の切支丹が、彼を慕って集っていた。家臣にも心を寄せる者が増えつつあった。

豪は、その小さな礼拝堂に、熱心に通うようになった。外出のときは、人目を忍んで、灰色の被布で深く顔を包んでいるが、大方は備前のお方様と承知している。


礼拝堂で、いつも、わが想いを願い、祈りに祈った。

一つは南の島の家族の無事をひたすら願う。

もう一つの願いは彼らと再会したい想いである。

「彼らの帰国がかなわぬならば、せめて一度、南の島に、私を送ってください。わが命のある間に、彼らに会わせてください」

二人の息子を、敵の手に渡すとき、豪は、言葉を乳母に託していた。

「主が逢わせられた家族を、人が引き裂くことなどできましょうか。必ず再会できましょう。そう約束してください。大坂のお城には、秀頼殿、淀殿がご健在ですから希望を捨てないでください」

豪は、淀殿と、かねて親しい間柄である。

豪は、兄に縋った。

「あの島は、御神火で、島の半分の形が変わったとさえ聞く、その上、潮吹上げとやらで、島の深くまでが潮に洗われたそうな。更に、気候不順で不作が続いていると聞く。米穀を送ってやってください」

兄は、江戸の禁教令に配慮して、豪に条件をつけた。

「その前に棄教せよ。ならば、江戸に話してみよう」

豪は肯んじない。伝え聞けば、島は、餓死する者が多いという。

「わが身に代えても、島に米穀を送ってやってくださいませ」

兄に切々と訴えた。

「救援に米を送れといっても、すぐというのも憚られよう。しばらく、時機を待て」

「否、遅れれば、彼らは飢えて死ぬ」

豪は訴え続けた。

兄は、病で、余命いくばくもないと自覚している。

「流人の動静を見届けるという名目としよう。それなら江戸も認めざるを得まい。品川の屋敷から船を出し、米穀や衣類も積めばよい」

兄は、ついに許した。

慶長十九年（一六一四）より、流人の見届けと称して、隔年、米七十俵が積み出され、いくばくかの日用品も届けられることになった。内々の文も又、積み荷に忍ばせて送った。島からも、ささやかな返信が届くようになった。安否は確かめられる。


兄がこの世を去り、豪の異母弟が、加賀藩三代目の藩主の座に就いた。


その頃、大坂を中心に、政治的に不穏の動きが見え、関ヶ原の大会戦の残党や、切支丹、パードレらが、続々と大坂城に入城を始めたのである。

江戸政権は、切支丹禁令の遵守を大名らに、改めて厳命した。

三代目藩主の弟は、江戸政権の目を怖れて、南坊右近の建立した礼拝堂の打ち壊しを命じた。

さらに城下の主だった切支丹に、

「棄教か、国外退去か」

と迫った。高山南坊らはルソンに向かうべく長崎に去った。


豪の身辺も、雲行きが怪しくなってきた。

弟は、豪に棄教を迫る。

「藩主の姉が切支丹とあっては、江戸にも、家臣にも示しがつかぬ。南蛮の神を棄て、わが国古来の神仏に帰依なされよ」

「お断り申します」

しかし、弟は、執拗に棄教を迫り、脅した。

「ならば、島に米穀を送るのを即刻、中止せねばならぬが、それで良いと申されるか」

「信心の心は、心の主人である自分でさえ、どうにもなりませぬ。私が棄教すると口で申しても、私の心は従いませぬ。人に、自分の心を偽ることなど、どうしてできましょうか」

弟は、苛立って、扇子でわが膝を打った。

「理屈を申すな。禁令の怠慢は、わが藩の存亡にもかかわる大事だ。江戸に、いらざる口実を与えてはならぬ。藩の連枝として、この事の重大さをわきまえねばなりませぬぞ。心を偽ることができぬというならば、形の上からでもよい。まず、その手の南蛮数珠を捨てられよ」

「このロザリオを棄てよと仰せか」

「しかり、棄てよ」

豪は、怒って手にしていたロザリオを天に擲《なげう》った。その場で、南蛮絵、ロレータ（銅版）なども悉く破棄するか、封印した。

それでも、弟は、追い討ちをかける。

「今後、誓って南蛮の神のこと口にしてはなりませぬぞ。御身が切支丹であること、御身自身すべてお忘れなされよ。これは約束ですぞ。もし約束を違えたならば、直ちに島への救援を止めねばなりませぬ。彼らが、泣こうが、喚こうが、飢えようが、もはや一切、聞く耳持たぬ。一粒の米も送らぬ」

と、脅した。


国内の政治的緊張が、一層、高まった。

関ヶ原の大会戦の生き残りの残党らが、再戦を期し、大挙して大坂城へ集結を始めたのである。国内の最終決戦が必至の情勢となった。

秀家の家臣で、切支丹のヨハネ明石掃部《かもん》が、備前の旧家臣や、多数の切支丹ら、千余名の兵を引き連れて入城したという。

ヨハネ明石掃部の入城にはヤコブの旗幟がはためき、迎える城内から、歓呼のどよめきが大地をゆるがした。
もし大坂方が勝利すれば、秀家の帰国がかなう。豪の、秘かな願いである。
しかし、弟は、淀殿や秀頼を見限り、江戸政権に一味加担を表明した。やがて、大坂方は滅び、
豪の僅かな望みも消えた。

江戸に拉致された、二人の息子が、江戸から、更に南の島に追放と知ったとき、豪は、乳母
に言葉を託した。
「あなた方が本土に帰還できないときは、私がその島に行き、いつか、再会を果たしましょう。
あなた方は、自分で生きると考えてはなりません。生かされていると思ってください」
豪は、懸命に祈った。
「彼らに生きる力を与えてください。もし、彼らが失意の誘惑に陥り、災いの淵にあり、忍耐
を失いそうになったとき、希望を抱くように、主が、われらとともにいますように、インマヌ
エル」
インマヌエルとは、主は、われとともにいます、の意味である。
「この言葉を、しっかり覚えておいてください。決して忘れないで。忍耐を失いそうになるとき、
この言葉とともに祈ってください。泉の水の湧き出るように、きっと救いが与えられますから」

秀家が流人とされて、長い年月が経った。

豪は、来年、還暦を迎える。嘆きのうちに命が尽きる前に、何としても、家族との再会の約束を果たさねばならないと願っている。幸い、足腰は、まだしっかりしていた。

「体の動くうちに、見届け船に便乗して島に渡らねば」

密かな、念願だった。

内密にと、見届けの侍たちにしっかりといい含めて、見届け船で島に渡る段取りをつけた。

男の風体で股引きを穿き、頬被りして乗船した。勿論、船頭は備前のお方様と承知している。船子達に、

「訳ありの身分高いお方ゆえ、無礼働かぬよう気をつけよ」

と、充分、言い含めた。女子が船に乗るのは元来禁物である。船頭は、

「船を舫う港もない島ですよ。伊豆下田や、天候次第で途中の島々で日和待ちをしますゆえ、いつ、島に着けるか、しかと約束できませぬ。そのお覚悟は、なさっておいてください」

四

島では、もうそろそろ見届け船が来る頃と思って、望楼から見張っていた。予定より二旬遅れたが、ある日、霞がかった水平線に、その白い帆らしきが、折り紙のように小さく見えてきた。

島の周辺は、黒い海流が、大河の奔流のようにうねり盛り上がっている。島が見える頃から、船は、急に山に乗り上げたように上下左右に揺れた。

「船が入ってきた」

見張りの高台の鐘楼から叫びが上がる。太鼓が、ゆったりと打たれ、それを合図に、海岸にぞろぞろ島人が蝟集してきた。


船は沖に碇を下ろした。艀が往還し始めると、大小の岩塊の多い岸辺に、多数の男女が立ち働いた。

荷卸しの荒仕事というのに、女手が多い。顔を上げ、黒髪を背に束ね、白い歯を見せながら、誇らしげに突き出す胸がしぶきに濡れる。

ある者は股引きを穿き、ある者は体を包んだ衣の裾を絡げ、海に入るとき、緩やかに高まる波に、女たちの息づきが伝わってくる。


人目を忍ぶように、灰色の被布で顔を覆って、股引きの姿、男装の小柄な老女が、いつの間にか艀から岸に降り立っていた。一方、岸では、殆ど禿頭の老人が、独り黒っぽい岩塊に腰掛けて、荷卸し作業をぼんやり眺めていた。

いや、独りと思ったのは老女の錯覚だった。

老人は独りでなかった。現実は、十数人もの男女が、立ったり座ったりして、老人を、大事に護るように取り囲んでいた。子供らが戯れ遊んでいる。傍で年配の女が幼子を抱いていた。老女は、その老人のみに目を当てている。老女は、岩塊や砂利に足をすくい取られぬよう、ゆっくりと歩みを進める。

老人は、しばらく気がつかなかったが、ようやく誰かが近寄ってきて、じっと、自分に目を当てているのを感じたらしい。

緩やかな海風になぶられて、老女と老人は、間近く対面した。

「どなたかな」

そういいながら、老人は、そっぽを向いている。眇めである。眇めを知って老女は思わず微笑した。秀家に違いない。

わずかな柔らかい灰色の残り毛が、耳に被さっている。面長で、つるりと、少しのっぺりの顔立ちは、昔と変わっていない。若いときから、頭髪は多少薄かった。

老人は、泥色の山着を紐一本で纏っているのみである。

(やれやれ、どこを見ているじゃろうか)

老女は、可笑しくなったのか、又微笑んだ。

寄り添っている女は、誰だろうか。キラキラした黒い瞳だ。あの女が、噂の機織り女か。現地妻というではないか。

女が抱いている幼子は、何者か。あるいは、秀家の孫かもしれない。ということは、老女自身の孫でもある。女と幼児に目を送った。

その島の女は五十歳を超えているだろうか、つややかな皮膚と、どっしりとした腰つき、黒々とした、大きな瞳である。優しく穏やかな目元と表情をしていた。それなりに幸せそうだと、自然に分かる。

老女は、ゆっくり老人に近づき、

「御身は、八郎秀家様か」

「八郎だと、秀家だと、いや、そういう者ではない。休福という。おお、八郎とな、そう呼ばれたかも知れぬ。昔のことだ。八郎、子供のころ、そう呼ばれていたかもしれぬ。そういう、そなたは誰じゃ」

「ごう」

老人は訝しげに、

「はて、ごう、といわれたか、覚えぬ」

「忘れたか」

「分からぬ」

「まことか」

ごう、といった老女は、あっけにとられた。

「分からぬといっておる」

老人は困惑して、ひどく悲しそうな表情を見せた。

「惚けられているのか、わが妻の顔も名前も覚えぬか」

老女は、絶句してまじまじと老人の瞳を覗いた。

目の前に座ったままの惚けた老人、これが、かつて金扇を右手に朱塗りの腰刀、桐の大紋の裃《かみしも》を着て烏帽子のよく似合う公達の宇喜多秀家か。姿容《かたち》よく、華美好みの、都で持て囃された若武者か。

老人は、多くの身内と思しき群れに囲まれて、これも、それなりに幸せそうだった。豪は、幼く離別した息子達の姿を目で追い求めた。

嫡男の秀高ヨゼフは、次男の秀継ディエゴは、いずこに。

老女は、強い陽光に眩《くるめ》いて海辺に立ち竦む。

涙が溢れ、辺りがぼうと霞んだ。周囲の人々が、老女の視界から消えた。老女、ただ一人、ぽつりと存在している。

(惚けているのは、自分の方かも知れない。今自分は、夢幻の世界にいるのかも知れない)

老女の意識は混濁した。いずれが実の世界で、いずれが虚の世界なのか。視界が薄れ、老女は、次第に遠い追憶の世界に引き込まれる。

どのくらいの時間が経っただろうか。老女は失いかけた自分を取り戻した。追憶から現実に立ち返った。

黒い岩塊に腰掛けている帯一本の短衣の老人は、秀家その人に違いなかった。寄り添う二人の壮年は、幼く離別した自分の息子達に違いない。失神しそうな、自らの心に鞭を打った。

「そなたはヨゼフ秀高か」

「先ほどから分かっていました。母者ですね。私は、今、浮田孫九郎と申す百姓です。ヨゼフと申されたか、そういえば、私は切支丹だったのですね。すっかり忘れていました。かつて乳母から聞いたことを、今、思い出しました」

淡々と答える。離別のときの少年は、おっとりした好もしい島の長者の風格が備わっていた。

その横に立っている肩幅のある小太りの男に、目を当てた。

「そなたはディエゴ秀継ではないか」

秀継は、日焼けして逞しい漁師の面構えを見せた。

「私は、漁師の浮田小兵次と申します。母者」

老女は、二人の壮者を交互に目を当てる。二人の男の目が潤んだ。

しかし、すべてを忘却のかなたに置き忘れてきたらしい老人は、何かを思い出そうと、辛そうに目をしばたいているのみである。

「もし、この世に楽園ありとすれば、この島のことよ、と、かつて父は申しておりました」

と、嫡男の秀高こと、孫九郎がいう。

「もし、この世に煉獄の世界が存在するとすれば、太閤殿下の治世の頃よ、とも、いつか父は申しておりました」

次男の秀継こと、小兵次が続けた。

「でも、赦せないのは、やはり小早川金吾という少年のことだったようです。何食わぬ顔、純な顔で、あの怖ろしい魂を持っていた少年。自分を破滅に追い込んだ少年。その話に及ぶと、いつも父の手は、そして全身が、瘧《おこり》の病のように小刻みに震え出すのです。口では赦したといいながら、いまだに、実際は赦せていないのでしょう。

勝敗は兵家の常であり、人生の危険は誰にでも、どこにでもありましょう。しかし、あの、ことだけは、赦せなかったようです。あの、「まさか」と信じた少年の裏切り。その悔しさ、怒りのやり場のなさに、惚けずにはいられなかったのでは、と思います。今も、時々、聞こえるのは、あの時の背後からの銃声と、大喊声だと。父は、もうそのことは、忘れよう、赦していると申します、しかし、別の時には、赦せぬとも言います。赦す心と、赦さない心が、いまだに父の、心の中で闘っているのでしょう。哀れに思います。父も、私たちは、決して破滅などしていませんから」

気持ちを変えるように、二人の息子は同時にいった。

「父や、われわれにとって、この島は、私どもが生まれる前から、天から与えられた約束の地だったように、思えます」

彼らは、微笑んだ。

「この島は、昨日、来た島ではありません。明日、去る島でもありません。今日一日、今日一日と思い、精一杯生きてきました。この島を離れようとは思いません。母者、よく約束を守り来てくださいました。お会いしたく思っておりました。それにしても、そのお年で、よく思い切って、大丈夫だったですか。さぞお辛かったと思います」

惚けた眇めの老人は、三人の対話を不思議そうに交互に見比べている。老女は、

「私がなぜ、この島に来たのか、お分かりですか。ある言葉を伝えにきました。離別のとき、乳母に託しておきましたが、忘れたに違いないと思って」

案の定、彼らは、

「思い出しません。何でしょうか」

老女は微笑した。

「インマヌエル。この言葉を覚えておいてください。この言葉を唱えると、失望の淵に沈むとき、忍耐と希望が与えられます」

「インマヌエル」

訳の分からぬままに、彼らはその言葉を唱和した。老人も訳が分からぬままに和した。あたりの人も和した。

「して、その言葉は、何の経でしょうか。母者も、切支丹だったと聞きましたが。その宗の経ですか」

と、孫九郎が問いかける。

「いえ、忘れました」

老女は、微笑するのみである。小兵次が問いかける。

「して、その言葉の意味は何でしょうか」

「それも忘れました。でも、私はこの言葉を、常に心で唱えています。禍害《わざわい》の淵に沈むとき、心に笞《しもと》が打たれて、希望が泉水のように湧き出てくるのですよ」

今度は、小兵次がいった。

「そういえば、私もやっと思い出しました。乳母が、いつか言っておりましたよ。私らが幼いとき、その宗の洗礼を受けたと。本当にそうですか」

「もう、どうでも良いことですよ」

老女は、和やかにその質問を制した。

「インマヌエル」

老女が唱えると、あたりの人も、何か分からぬままに唱和した。

いい知れぬ歓喜が、周囲に満ちみちたように思えた。

孫九郎、小兵次にも、不思議に違和感がなかった。昔から馴染んでいた言葉のように思えた。

「くれぐれも忘れないで。意味は分からないで構いませんよ。でも、この言葉を、あなた方に伝えたい一念に、この島にやって来たのですから」

続ける。

「私たちは、もう再び会えないでしょう。でも心はいつも一緒です。あなた方は、私の心の中に常にいます」

陽光が、一層、大きく輝きを帯び、水平線の彼方に落下しようとする。

老女は、嫡男の孫九郎一人にのみ、浜辺に残るようにいった。

ひとり、ふたりと散って去った。暮れなずむ岸辺にいるのは、老女と孫九郎の二人だけである。

「あなた一人にのみ伝えます。昔、私は、切支丹宗に帰依しましたが、今は棄てました。あなた方も、自身が切支丹であったこと、もう、忘れても構いません。しかし、ひとつ、覚えておいてください。『インマヌエルは、わが主が常に共にあり』ということです。神の筈です。憶えてください。私の心です。

この言葉を、長男の、あなたにだけ贈ります。あなたの妻のわかにも、弟にも、誰にも南蛮の神の言葉だと話してはなりません。あなたの長男の太郎坊にのみ、時機を見て、その気になれば、伝えてください。太郎坊も又、その長子にだけ。南蛮の神のことは、ほかの誰にもいってはなりません。そして、常に、心で唱えてください。どこからか、きっと、救いがきます。失望が去り、希望がやってきます。その、おまじないと思って」

老女は、いい残して、すぐ島を去った。

りよは、遠く岩陰を離れずに、キラキラした黒曜石のような瞳で見送っている。

王の結婚

一

書院の障子が開かれ、見知らぬ娘が指をついて挨拶した。新しい侍女で、年は十五、六歳ぐらいか。

「りん、と申します。お見知りおきくださいませ」

大友新太郎は、元服して三年である。さりげなく、

「郷《さと》はどこか」

と出身を問うと、国東半島の岬の小さな漁村を言った。そのあたりを根城にする有力な水軍衆の名を挙げると、そのゆかりの者だと答えた。

この館に来る前は、さる八幡宮で巫女を務めていたらしい。

部屋の掃除や、食膳の上げ下げなど、身の回りの世話をしてくれる。

顔色は浅黒い。陰ひなたなく、こまめによく働く。体を壊さねばよいが、と気遣うほどだ。

小柄で、帯をきつく締めているせいもあるが、胸の膨らみも目立たない。

目じりが、やや吊りあがっていて、気丈な面を見せるのだが、時に、それが哀しげな印象を与えた。その表情が新太郎を惹きつけた。

りんがいると、不思議に、それだけで心が和《なご》んだ。

新太郎は、豊後ほか二ヶ国の守護職、大友本家の嫡子だ。しかし、家中には敵が多く、廃嫡させようと執拗な動きがある。よくない噂ばかり漂っていた。放埒で粗暴で気むらとの悪評が強い。殊更、言いふらしている輩もいた。

「お館に嫌われていて、いずれ廃嫡だろう」

「ならば、世継ぎは、どうなるのか、まさか側室の幼子ではあるまい」

「その、まさかよ。お館は側室べったりで、側室の意のままだ」

廃嫡の噂は、廻りまわって当の新太郎にも届いている。

家中は一枚岩ではない。いくつにも、ひび割れていた。対立の根は複雑で深い。国侍と、古く鎌倉政権から下向してきた末裔との軋轢。

海峡を隔てた隣国、周防大内家とは密接な関係にあり、幾重にも婚姻が重なっていた。しかし大内と結ぼうとする勢力と、排除しようとする勢力が対立している。

正室と側室の関係も煩わしく気を使わせる。

それだけでない、父なるお館と嫡子新太郎の仲が、最も険悪だった。性格的に合わないだけではない、何故か憎み合っている。親は子を廃嫡しようと謀り、子は親を早く隠居に追い込みたいと願っていた。

先だってのこと、珍しく南蛮船が来航した。

お館は、不法に襲撃して積み荷を強奪しようと裏で謀ったのだ。

新太郎が、その企みを察知して、未然に計画を潰したのだが、それすら根に持っているようだった。海賊行為を企むなど、国父にあるまじき卑なる一面が許せない。

「やりきれぬ」

新太郎は、鬱々している。

(自分が当主となれば、新風を取り入れる。まず異国との交易を、堂々と図らねばならぬ。彼らが異教の布教を願っているなら、受け入れれば良いことだ。むしろ、パードレたちの考えを進んで聞きたいものだ)

好奇心は旺盛である。

隣国の大内は、古くからの明国との独占交易だけでなく、朝鮮との密貿易で国は富んでいる。

近年は、南蛮のパードレをしきりに招いてもてなし、交易を企んでいると知っている。

家臣には、新太郎を担ごうとする一派と、排除しようとする派に分かれている。排除派は、側室派と気脈を通じていて、

「新太郎は、粗暴で、大将に相応しからず」と、悪評を流していた。

母は、隣の大内出身なので、彼は大内寄りと見做された。

新太郎は、毎日のように、庭先に若侍を集めて、荒い格闘技を楽しんでいた。体格が優れていたから、彼らに交じって、汗を流していた。

これも、

「上に立つ者のすることではない」と、顰蹙を買っていた。

一汗を流して、次は若侍を引き連れて、市中に繰り出し、旅芸人や踊り子と交わり放吟する。

彼のあまり芳しからぬ日常は、近隣諸国にも聞こえている。外聞《とき》き（探索）が、物売りなどに化けて入り込んでいる。

さて、漁村から来た侍女の、りんのことである。

新太郎は、書院で、文机に向かっていた。

りんは、年配の女と二人で部屋に来ることが常だが、この時一人だった。障子を通して朝の

陽が淡く差し込んでいる。

りんは、着衣の折り畳みなどの片付け事をしてくれていた。新太郎は、気分の振幅が激しい。躁鬱の気分に周期的に襲われて、自分でも耐えがたいことがある。しかし、何故か、りんがそこに居るというだけで、気持ちがすんなり落ち着く。

「妙だな」

りんには、そういう自然な持ち味があるのだろうか。相性が良いというのだろうか。漠然と、そんな事を考えていた。

その時、抑えがたい欲情が新太郎を衝き動かした。りんの細い腕が目の隅にあった。その腕を引きよせて、抱きすくめた。柔らかな薫りが辺りを包んだ。漁村で育ったせいか、磯のような良い香りがする。

不意の出来事で、彼女は、驚いて身をすくめ、小さく鋭い叫び声をあげた。その叫びを無視して、細い腰を引き寄せると、抗うことなく、若い小枝がたわむように新太郎の胸に収まった。

唇を重ねた。りんは目を閉じて、為すがままになった。一旦は、それだけだった。

暫くすると、りんは何事もなかったかのごとく、普段のように仕事をしている。

女とは、まことに不思議な生き物だ。そう感心している内に、再び、抑えがたい欲心が生じた。再び、りんの手首を無造作に強く押さえた。りんは、今度は叫ばず、新太郎にしっかり目を当てた。探るような真剣な眼差しだった。

深海に沈めるように、りんを横たえた。りんは目を閉じ、為すがままになろうとしている。髪をまさぐり、口を含むと、強く含み返してきた。新太郎が、片手で、ぎごちなく帯を解こうとすると、自ら解いた。

胸元から、甘い、潮のような香りが寄せてきた。りんの頬に、一粒の露が光っているのを見た。

終わると、りんは、しばらく放心しているようだったが、そのあと、普段と変わらずに部屋の掃除やら、衣服の折り畳みやら、仕事を続けていた。不思議な気がした。というより感心した。

「女とは不思議なものだな」

再び、同じことに感心した。

しかし、障子の向こう側の片隅に、何か妖しげな影が蹲っているように思えた。

新太郎は、素早く立ち上がり、障子を、いきなり開いた。

何もない。しかし、蹲った物影を確かに見たように思えた。同時に、小さな足音が風のごとく廊下の向こうに消え去ったような気もした。

「何者かが様子を窺っていたのか、いや、気のせいかも知れぬ」

新太郎は小首を傾げながら障子を閉めた。


しかし、これが、重大事の発端となった。誰かが、知っていたらしく、お館の耳に入れた。

新太郎は、館の二階にある側室の居間に呼びつけられて、いきなり面罵された。

お館は、その部屋に入りびたりだった。

「侍女に、手をつけるものでない。立場を弁えよ。愚か者め」

こともあろうに側室と、その、あどけない三歳の幼児の面前である。この幼児が、自分と、お家の後継を争っているのかと思うと、かっと頭に血が上った。

(なぜ、このような場所で、このようなことを)

お館は、

「このような不謹慎なことを仕出かすようだと、先が思いやられる。お前に家督は譲れぬ」

ついに、廃嫡をほのめかした。本音に違いない。

(廃嫡のための、いらざる口実を与えてしまったか)

自分自身に無性に腹が立った。むっとして面を上げると、お館と側室が、こちらを見ていた。

お館の細い目に険がある。側室は笑いを堪《こら》えている。

(俺を廃嫡して、この幼子に継がせたいのだ)

幼子も、つられて、にやりと笑ったように思えた。これは、新太郎の僻《ひが》みに違いないのだが。

廃嫡が先にあり、その為の口実が後にある。

ついに、言ってはならぬことを、新太郎は言ってしまった。

「あなたに言われたくありませぬ。あなたも、これまで同じことを繰り返してきたと、何人も自分の侍女に手を付けてきたと、私は聞いて知っている」

（みだらな性格は、あなた譲りなのだ）

新太郎の心は、そう叫んでいる。お館の顔色は、蒼白となった。更に新太郎は言う。

「しかし、私は遊びの出来心ではありませぬ。あの娘を妻に迎えてもよいと思っております。遊び捨てなど、決して致しませぬ」

これは、言葉のはずみというものだ。新太郎はまだ、結婚など考えたこともなかった。


お館は、口をぽかんと開き、目が驚愕で大きく見開いた。ついで、目の芯に憎悪の炎が灯った。その憎悪の炎にあふられて、日頃の嫌悪が噴出して、新太郎の心に、対抗の白刃がきらめいて、お館に斬り付けていた。しかし、あくまで、心の一隅を過った、ちょっとした映像に過ぎない。実父に白刃で斬り付けるなど、心の一隅の想いとはいえ、神仏にかけても許されぬ。しかし、この突然の悪しき想いは、すぐ消え去っていた。

二

「お世話になりました。お暇をいただきとうございます」

りんは、実家に帰りたいと挨拶に来た。

「急な話だな。どうしたのだ。お館の小言のことなら、気にすることはない」

「いえ、この頃、母が寝込むようなので、弟もまだ小さいですし、家事の手伝いをしないと困るのです」

「やむを得ぬようだな」

新太郎は、そっけなくいった。

そっけなくいったのは、手放したくない気持ちの裏返しであると、自分で分かっている。本音は、帰したくない。しかし、

（嫌なのか、俺が、この館にいるのが、俺の傍にいるのも）

もうひとつ理由がよく分からないが、何故か、無性に腹が立ってきた。りんに逃げられたかという、僻みもある。

（正体の分からぬ女だ）

実家の事情というから、無理に引き留めるわけにもゆくまい。

（何はともあれ、控え目で、自然で、高ぶらないところが良い）

そこが気に入っているが、何を考えているのか、よく分からない。多少の寂しさは残るが、僅かばかりの銀を与えて、実家に帰した。新太郎は、まだ、金子を自由にできるほどの身分ではない。それっきり、りんを忘れようとした。


りんが去って幾月か経った。ふと気が付いた。迂闊だった。

（りんは身ごもったのだ。かもしれぬ。いや、きっと、それに違いない）

不思議な気がした。子を産むために実家に帰るのだ。

（何もいわずに）

そう思うと、不憫さが募り涙が頰を伝った。

その頃になってから、しばしば、りんに逢おうと彷徨っている自分の夢を見る。潮騒を聞きながら、自分は、明るい砂の上を歩いている。

入り海の浜辺に小波の寄せるところを見ると、どこかの岬の海岸らしい。幾つかの漁船が陸に揚がっている。りんの家を探しているが、どうしても、それらしき場所に行き着けない。岬の出っ張った辺りと思うのだが、行き着けない。銀色に帯のように連なる砂浜の同じ場所を何回もぐるぐる歩き廻っている。目が覚めると、虚しさが、すっぱく胸に残っている。数日前も、同じ夢の中にいた。

目覚めると、いやな気がした。

（りんは、必ず戻ってくる）

その想いと願いは、確信となって、しっかり根付いている。

三

家中に、いよいよ新太郎廃嫡の動きが目立ってきた。


ある夜明け前、四人の重臣が、お館からの急の使者に叩き起こされた。妙なことに、いずれも新太郎擁立派の面々である。

「昨夜の話は物別れに終わったが、再度、話し合いたい。至急、参上されよ」

昨夜の話とは、嫡子新太郎を廃嫡するとの達しであった。重臣の半数は、喜んで受け入れた。彼らは、もともと新太郎排斥派である。


残る四人は、新太郎擁立派である。

「筋が通りませぬ、世間が許しませぬ。お家の乱れのもとになりますぞ」と反対した。深更になっても、頑強に主張を曲げない。

豊後侍は、気が荒く、お館といえども遠慮はしない。お館は、話を中断し怒って退席したのだった。

急の呼び出しは、その翌朝のことである。何やら不審を感じて、互いに連絡を取り合った。

「朝早く、早々に来いとは、異なこと、何かおかしいとは思わぬか」

一人が言った。

「昨夜、議論を打ち切ったのは、お館自身ではないか、身勝手なものだ」

更に一人は、

「何はともあれ、行かずばなるまい」

四人は、それぞれ家を出て、途中、二人ずつ二団に分かれて騎馬で進んでいた。

先に進んでいた二人が、城館近くの坂下に差し掛かったとき、坂上方向から、突如、矢の一斉射を浴びた。落馬したところを、大勢が取り囲み、斬り殺してしまった。

後続の二人は、襲われた重臣の郎党の一人が、危うく逃げ帰ってくるのに出会った。

とっさに、状況を理解した。

「おのれ、卑劣なり。われらを謀《たばか》り、仕物《しもの》（暗殺）にかけおったか」

二人は、逆上して、そのまま一気に館に突入していった。

「お館、いるか」

蒼白な顔色で、遮る近習たちを押し倒して、二階に駆け上がり、側室の部屋の襖を押し開いた。

「お館、覚悟せよ。御身に覚えがござろう。刺し違える」

二人は抜刀した。ところが、その部屋に、常に居るはずのお館が居ない。

「失せたか。いずこか」

部屋に居合わせていたのは、側室とその幼児、更に娘二人、侍女ら数人である。

「狼藉もの」

突然の乱入者の抜刀に騒ぎ立てた。

「騒ぐな。居場所を申せ」

「居りませぬ」

「この館に居るのは分かっておるわ。どこに隠れたのかと聞いておる。申せ。申さねば容赦せぬ。斬る」

女達は、怯えて部屋の隅に固まり縮まる。

「申せ」

「……」

乱入者は、逆上していた。

すでに差し違えを覚悟している。死なばもろともと、手あたり次第に、側室とその幼子、娘二人、残る侍女を、すべて斬り殺してしまった。多くの鮮血が飛び散り、襖や屏風、障子、天井にまで朱が飛び散り、修羅場となった。

乱入者は、血相を変えて廊下に走り出る。

「お館、逃げたか」

彼らは、狂気となって、つぎつぎと隣室の障子や襖を蹴破って、捜し求めた。

お館は、別の部屋の押し入れに身を縮めていた。

乱入者は、押し入れを開け放ち、見つけるや、這って逃げるのを追いすがり首筋を押さえて、数太刀を浴びせたが、止めを刺すに至らない。その間、駆けつけた近習達に、二人の乱入者は倒された。


「お館が襲われた」

その時、新太郎は遠ざけられ、とある浦の古民家で謹慎していた。急を聞いて駆けつけたとき、お館は重傷ながら、まだ意識があった。新太郎は、枕頭に詰め、夜を徹して看護する。

お館は祐筆を呼び、口述で、条々という置文（遺言書）を書かせて翌々日、息絶えた。

置文は、それでも意地でも、新太郎を後嗣と指名していない。しかし、やむなく見做していると思えた。

《条々》
一、国衆と加判衆（重臣）は、一意のこと。
一、当方と大内間の事、益々無二の儀、しかるべきこと。
一、拵物衆《こしらえもの》の儀は、新太郎よくよく分別して、相定むべきこと。
等々、
拵物衆とは、築城に関する奉行衆で、その人事は、本家の最も重要な政事に違いなかった。新太郎を指名していた。

今度の重大事件の原因と咎は、お館自身にあるといわねばならない、と、新太郎は理解している。

しかし、巷には、黒い噂が飛び散った。「この重大事には黒幕がいる。背後で、糸を引いている者がいる」。噂は、新太郎を秘かに指さして羽虫のように、煩わしく付きまとっている。
（嫡子、新太郎が廃嫡を嫌って、家臣をそそのかしたに違いない）

四

日を置かず、新太郎は、主だった家臣の総登城（館）を命じた。
席上を見渡して、

「父は、四人の者の慮外の企てにより急逝した。父の置文により、私が大友本家の当主としての義務と責任を引き継ぐことを伝える。承知いただきたい。不承知、あるいは不服の者は、直ちに帰国して、戦いに備えるがよかろう」

誰も席を立たない。

新国主の誕生に、不満を抱く者は多いが、後嗣とすべき対立候補者が存在しない。側室の子は殺され、実弟は大内家の猶子となっていた。

後味の悪い事件だけに、家臣に動揺が走っている。やがて国内に騒乱が起きるのは必至と思われた。

新太郎の政治的な差配は、かねて、秘かに期していたかのごとく、まことに迅速果敢だった。遊楽に耽っていた男とは別人と思えた。

京の都に使いをやり、内裏と公方に、父の死を報ずるとともに、それぞれ多額の金銀を献じた。公方の権威はすでに地に落ちていたが、諸国守護人の任命権者である。程なく公方は、新太郎を、豊後ほか二国の守護人とする旨の、お墨付きを与えるだろう。

自分を擁立するため、死を賭して妥協しなかった重臣らを、逆に謀反人と見做し「慮外の企て」と、厳しく糾弾した。情に溺れずに、正邪を糺した。

新太郎を快く思っていない何人かの重臣らは、間もなく帰国し、あるいは知行地に立ち帰り、秘かに謀反の動きを示した。新太郎は不穏な動きを知ると、直ちに討手を差し向け、ことごとく討った。

ある者は、脱出して、他国に逃亡したが、逃亡先で殺され、塩漬けの首が新太郎の許に届けられた。その子も討たれた。その国は新太郎の威を怖れたのだ。

叔父が筑後に帰国して、城に籠り、兵糧と兵を集めて、謀反の意図を示したが、新太郎直ちに大兵を差し向け、討ち滅ぼした。

多くの有力武将が、密かに談合し、謀反の構えを見せたが、察知すると、先手を打って、兵を向けて討った。

新国主としての処断は、まことに沈着冷静で、神速だった。内に果断、外に目配りの利いた対応を示したので、これまでのように、軽侮する者はない。これが、あの、粗暴で、放埒な男のなす業かと人々は驚嘆し、ついで恐怖した。周辺の敵国も、見直して警戒した。

（やはり黒幕だったか。あの男は目的のためには手段を選ばぬ曲者ぞ）と、改めて噂は他国に伝わり、増幅、喧伝された。廃嫡の先手を打って、重臣を暴走させたのだ、と。手段を選ばず実父すら殺す、と。

自分自身、父に対抗して、心中で白刃を向けるという悪しき想いが過《よぎ》ったことを打ち消すことはできぬ。ある邪悪な隠れた想いが、黒い姿となって家臣を走らせたのか。

恐怖を感じている。目に見えず、姿、形なく、手に触れる事のできぬ、ある力、ある意思が、この宙空を浮遊し、存在するのかも知れぬ。それは、肉体を偶有する人間とは対照的な実体であり、超越した存在かも知れぬ。絶対的な意思と力を持つ神と名付けられる実体かも知れぬ。

新太郎は、人を遠ざけ、広い部屋に、独り座し瞑目した。

（わが内なる悪しき想いが、家臣を走らせたのか）

何故か、異様な震えが起きた。戦慄が、氷のように背筋の中を走り抜けた。恐怖を感じている。内なる心に、後ろめたい。黒々した怪物の姿を見る。

反対する者は、ことごとく粛清された。家臣らは、新しい国主に畏怖して、表向き恭順を示し、祝福の言葉を述べるが、誰からも真に祝福されていないと思われた。誰もが敵に見えた。身近にかしずく家臣すら敵に見えた。

周辺の諸国が、豊後の乱れに乗じて侵攻の気配を見せている。

山陽から起こった新興の敵対勢力毛利には、敵の背後の敵である氏族尼子一族に武器、鉄砲の供与を約束し、直ちに多数の弓矢と、数百の鉄砲を送りとどけた。

南の剽悍《ひょうかん》な敵対勢力島津には、敵との緩衝地帯、日向の氏族に、兵を送り連携支援の約束の使者を走らせた。

高徳のパードレが、周防大内家に滞在中と聞くと、豊後に御渡りくださいと丁重な書簡と迎えの使者を送った。心のよりどころを求めたい。新しい考えを聞きたい。異国の勢力とも結びたい。

守護大名にとって、最も必要なのは、金《きん》に違いなかった。

有力なパードレを介して、銀、三千ドカド（ほぼ三千両）相当をマカオの商人《あきんど》に送り、金と両替の手筈をつけた。金と銀の交換比価は、国内よりはるかに有利であると知っている。戦国大名にとって、もっとも有効なものは、武器よりも金であると熟知している。

豊後を守るには、富国であることが必要と知っている。

新太郎は、好んでパードレを招き、彼らの説法を家臣と共に聴聞した。

五

新太郎は、国内の有力な豪族との繋がりが大事と考えている。奈多八幡宮の大宮司で、有力豪族の娘との婚約が整い、早々の輿入れとなった。

正室となるその娘は、数人の侍女を伴っていて、その侍女頭を引き合わせた。

侍女頭として引き合わされた女は、それなりに相応しい立派な身なりの、やや太り気味、落ち着いている。かすれ気味の声で挨拶した。

「なぎと申します。お見知りおきくださいませ」

名を名乗ったが、終始、面を伏せていた。その侍女頭が、顔を上げたとき、

「あっ、お前は」

思わず、声をあげそうになった。

(りん、そなたは、りん)

初顔合わせどころではない。親元に去って以来、絶えて消息がなかった。見違えるようになっている。名を変えて、侍女頭という触れ込みだけあって、それなりの風格があった。

彼でなければ、あの時の小娘、りんと見分けられなかったに違いない。すると、侍女頭が、いや、りんは目で懸命に遮った。

(何も申されますな。何も申されてはなりませぬ)

りんの目が、強く語っている。秘密にしておいてくださいい、の目配せに違いない。

（下働きの小娘りんが、侍女頭に変身して館に戻ってきた）

愕きと共に、新太郎の胸に歓喜が満ちた。わが秘かな思いが、姿となって現れたのか。想いは通じるのだ。目には見えない、ある不思議の力が働いたのだ、と信じた。

鬱々とした日常から、久しぶりに解放されて、胸が躍った。しかし、なぜ侍女頭なのか。意味が分からない。そういえば、以前に、八幡宮の巫女を務めていたことがある、と言っていたのを思い出した。

正室とは、その折の縁かも知れぬ。だが、そのようなことは、どうでもよいことだ。とにかく、りんが戻ってきたのは良い知らせだ。

（想いの一念は、届くものなのだ）

秘かな想いが、りんを動かせたに違いない。想いは実現する。

りんは、忘れ得ない女だ。

（しかし、なぜだ、なぜ、侍女頭なのだ）

何度も、自らの胸に問うた。意味が分からない。

（しばらくだったな。りん、その後、どうしていたのだ。子を産んだとは聞いている。何の知

らせもなかったではないか、その子は、どうなっているのか、男か、女か、その子は、自分の子か、それとも）

りんが去って、消息の無いまま、はや六、七年は経っている。

忘れていたわけではないが、何となく、消息を知ろうとするのが憚られて、いや、怖れて過ごしてしまっていたのだ。

その間に、りんは大きく成長していた。顔はふっくらと態度も堂々としている。装いも良く、侍女頭に相応しい風格だ。

小娘のりんは、まさしく侍女頭に変身している。誰も、かつての小娘と見分けられないだろう。

何よりも、心が、自信に満ちみちているように思えた。

おどおどした、漁師町に育った小娘に何があったのか。子を産んだからか。

新太郎は、正室を迎えたことを、政略的な意味にしか受け止めていない。有力な豪族とは、常に絆を結んでおかねばならない。

婚姻は、政略であり、その為の儀式に過ぎない。りんが帰ってきたことに歓喜を覚えた。

（秘かな想いが届いた）

しかし、それにしても、したたかな女に変身したのだと、感心した。

どのようないきさつで、こうなったのか知らないが、侍女頭に成りすまして、自分の許に帰ってくるとは怖ろしい女になったと思った。しかし、不快な気はない。歓喜の方が大きい。言葉を交わす機会は少ないが、りんが館に居るというだけで、心が休まる。ずっと侍女頭として居るつもりなのだろうか。りんの姿を見るだけで、苛立つ心が静まる。海のような深い安らぎを覚えた。りんが帰ってきた。そう思うと、少年のように、弾んでいる自分に気がついた。りんとは、二人だけの秘密を共有する。

りんは、故郷に帰り、女子を産んだという。

「子供は、父母が養育してくれています。心配しておりませぬ」

とだけ、いった。誰の子か、いわなかった。新太郎も訊ねない。

館は、何年か前の惨事以来、人は入れ替わり、人心は一新されていた。短い期間奉公の、りんを覚えている者はいない。立派な身なりの、堂々とした侍女頭が、かつての、下働きの小娘とは重ならない。

六

豊後大友家の当主、新王となった新太郎と正室の結婚生活は、忍耐以外の何物でもなかった。政略結婚の重荷の付けを、それなりに支払っていた。

正室は、大宮司の娘で、神仏に対する信仰は厚かったが、南蛮の神をこの上なく忌み嫌った。パードレが使用する器物を見つけると、汚らわしいと、自ら火中に投じ、あるいは破棄を命じた。パードレたちは、新太郎を豊後の王といって敬ったが、彼女を陰でイザベラと呼んだ。性悪女の意味である。

イザベラは、有力者の後ろ盾を鼻にかけて傲慢だった。その上、放埒で饒舌で好悪の感情の起伏が大きい。王も、大きなことは言えない。似たもの夫婦で、放埒、粗暴の一面は直っていない。お互い争いだしたら、際限がなかったが、最後は、イザベラが勝利して、王が折れる。

とはいえ、多産で、三人の男子と五人の娘をもうけた。

娘たちは、それぞれ有力者に嫁ぐか、または早くから、婚約ができていて、国人や豪族とつなぐ役割を果たしていた。

王は、次々と上陸してくるパードレたちを快く館に迎え、丁重にもてなした。

彼らの神とは何か。目に見えず、手に触れることもできない、ある意思と力が、この宙空に存在するのか、それは、肉体を偶有する人間を超越した、神と呼ばれる実体か、という、解けない疑問を問いかける。

彼らの祈りは、その超越した意思と力の実体に語りかける、唯一の道か。

王はパードレ達の後ろ姿に心を奪われた。洗礼を受け、ドン・フランシスコ王と呼ばれる。正室イザベラと、欺瞞と忍耐の長い歳月が過ぎていった。彼女は、フランシスコ王の苦痛をそれほど感じていないと思われた。イザベラは、王に苦痛の生活を強いていたが、彼女はそれすら、分かっていないようだった。

三十年の長い忍耐の歳月が過ぎ去った。

その多くの年月の末に、フランシスコ老王は、突然、イザベラと離婚して、五十歳を超えた老侍女頭と結婚すると言い出した。

七

あるパードレの手記

豊後の国の老王が、侍女頭《カマレーラモール》と結婚すると言い出した時、豊後の国中が、それこそ、上を下への大騒ぎとなった。

「頭がおかしくなったのか。正気の沙汰ではない」

重臣らは、耳を疑った。

王には三十年付き添った正室がいて、三男五女を儲けていた。彼女は、前日まで幾つもの国の女主人《セニョリータ》として君臨し尊敬を集めていたのに、一夜にして、その車輪は激しい勢いで軌道から外れたのである。なかんずく、彼女の心を痛めたのは、前日まで自分に仕えていた侍女頭が、新たな奥方の座に収まるのを見ることであった。

王は正室に、「この館を出て行って欲しい。もし、嫌だというなら、自分が、新しい奥方を連れて、この館を出て行く」と言った。

正室との娘たちは、それぞれ嫁ぐか、又は、幼くとも国人、豪族らの子弟と婚約が交わされていたから、その縁者の長らが、続々と豊後の政庁に集まって来て、

「何とか思い止まるように」

と、代わるがわる王に懇願したが、無駄のようだった。

正室は、疑り深く、傲慢で、饒舌で南蛮嫌いだったから、パードレたちから嫌われているのだった。

イザベラは、王から離婚を言い渡されて、仰天した。ましてて、王が新しく奥方にするという相手が、よりによって、侍女頭と聞いて一層、仰天した。

(三十年も自分はだまされ続けていたのか)

万事、疑り深いイザベラが、その侍女頭についてのみ、何故か、絶対の信頼を置いていたのだった。それだけに、怒りは増幅して、ますます腹立たしかった。

「あり得ないこと」

怒り心頭に発したとき、すでに侍女頭は、館から、その姿を消していた。王が、危険を察して、早手回しに、ひなびた浦の古民家に隠したのだ。

「どこに隠れていようと、見つけ出して、火を放って、家もろとも焼き殺さねば収まらぬ」

イザベラは、逆上して、わめき散らした。

「焼き殺しても、八つ裂きしても飽き足らぬ」

われわれは、

「新しい奥方は、すでに五十歳の老女だから、これは色恋沙汰ではない。深い仔細があるのだ」

と、噂し合った。

新しい奥方は洗礼を受けてジュリアと呼ばれる。王は、ジュリアに、

「できるだけ早く隠居して俗事から離れたい。海の見える浦に新しく館を建てよう。余生を共に静かに送ろう」と、約束した。

王は、その言葉を直ちに実行に移した。嫡子に家督を譲り、とある浦の松林に囲まれた新しい館に、新しい奥方のジュリアと移り住んだ。

ほどなく、王の不在の、ある夜、新しい館は原因不明の火炎に包まれ全焼した。妖しい火の塊が、夜空を飛び去り、館の屋根に留まったのが見えた。イザベラの怨念が火の塊となったの

だと、人々は噂し、恐怖に怯えた。

ジュリアは、危うく焼死は免れたが、両眼失明した。

八

更に、数年経った。

このころ、老王は隠居を唱えていたが、依然影響力を残していた。老王の版図と軍事力は、最大、最強となっていた。九州九ヶ国の内、六ヶ国を勢力下に収め、数万の兵力を有し、国崩しという、これまでにない大きな破壊力の大筒を有していた。

しかし、南には、強力な対抗勢力が蟠踞《ばんきょ》しており、九州は、南北に二分された政治情勢である。南の兵は強悍にして、よく訓練されており侮りがたい。

最近、南北の緩衝地帯である日向に、南の勢力が、蠢動、侵食を始めた。脅威を感じて、日向から援兵を請うてくること頻りである。放置できない。老王は決断を迫られた。

「日向は、われらの防衛線なり。彼らの想いのままにさせることはならぬ。兵を送らねばならぬ」

と言い出した。

家中は、依然として一枚岩ではない、キリシタン容認派と、排斥派に大きく割れていた。猛反対の声が上がった。

「今は、内部固めこそ肝要なり、南と事を構えるなどもってのほか、まして、彼らの兵は強く、尋常な相手でない」

老王は焦っていた。近頃、体調の異常を自覚し始めている。腹部に激痛が走るのだ。ようやく、死が近づいていると予感している。その焦りが、反対論を押し切り、南に兵を進めることを決断する後押しとなった。

自ら三万余の大兵の先頭に立ち、

「日向に、理想の国、キリシタンの王国を建設する」

これまで、この国に存在しなかった、わが神、わが主の啓示を実現する理想の地上の王国、信仰の王国を建設する。小さくとも規範となる地域とすると、夢見るような旗印を掲げた。

この戦いは、九州全島の覇権をかけての最終決戦でもあった。

しかし、この大遠征は裏目に出た。敵地近くでの戦いであり、地の利を得た島津の巧妙な待ち伏せと挟撃に遭遇して、老王の三万の軍隊は徹底的に叩きのめされた。

四分五裂となり、功ある武将の多くと、三千余の死者を出し、残る兵は散りぢりとなった。かつて経験したことのない大敗北に打ちのめされた。

敵は、逃げる兵らを猟犬となって執拗に追尾し、どこまでも北上して、思いのままに殺傷を積み重ねていく。

九

まさに王国は崩壊しようとしている。

僅かな兵に守られて、最後に残された臼杵湾に浮かぶ丹生島《にうじま》の城に立て籠った。城には、目の見えない老女、りんが待っている。

敵は急には攻めてこないようであった。急がずとも、勝敗は明らかと思えた。しばしの平穏な時の余裕があった。

ある日、老王は、海辺の視察と称して、供を連れずに城郭の外側に出ようとした。近習が、追いかけてきて

「お一人は危険ですぞ」

制止するが、

「よい、心配いらぬ、すぐ帰る」

一人で、白銀の帯のような砂浜を歩いた。思うともなく、わが生涯を、振り返り、思い沈みながら彷徨っている。

生涯は、戦いと謀略に明け暮れただけ、という虚しい思い。かつて燃やし続けたギラギラした覇権への野望は、何だったのか。その野望は、パードレの示す地球儀の隅の一点にも満たぬ、ちっぽけな島の中の嵐に過ぎぬ。

しかも、得たもののすべてを、今まさに失いつつある。

自分に、今、何が残されているのか。

(火を浴びて両目の光を失った老女が、ひとり館で待っている)

老王は、(いや)と思い返した。待っている女は、自分に残された唯一の宝かも知れぬ、と。

「死ぬとき、一緒に連れて行ってくださいね」

目の光を失っている老女、りんは、老王に縋るように、よくそう言った。

「きっと、ですよ、わたし独りを残しておかないでください、わたしは、目も見えず、ひとりで歩けないのですから、人の世を歩むことはできないのですから」

老王は、(この自分も同じかもしれぬ。自分も、もう、ひとりでは歩けない。誰かの助けが必要なのだ)。

しかし、心とは反対に、ふん、と小さく鼻先で、せせら笑った。

「俺は、まだ、くたばっていないさ。でも、その時は、お前は、この世に残してやるから、置き去りにして、連れて行ってやらないから」

強がって、意地悪い言葉を残した。

まだ、くたばっていない、と冗談に紛らわせて言ったが、現実は死の谷、禍の淵に追い詰められていた。

周辺の山野には、万余の敵兵が跋扈して、大きく取り囲んでいる。

頼みとする味方の豪族の多くが敵に降伏し、ある者は内通している。王国は、音を立てて崩れ落ちつつあった。その音を、聞きながら、ひとり砂浜を歩んでいる。

心身共にくたびれ果てて、老王の肉体は、ぼろぼろに壊れかけていた。下痢が続き、腹部に痛みが走る。

（いつ、倒れるかもしれぬ）

思い悩みながら、砂浜を、彷徨っている老王の帰館を、目の見えない老女は、ひとり待っている。老王は哀れに思った。

「幸せとは」

老王は、思い沈んでいる。

「あの女は、私の悲しみを自分の悲しみとし、私の楽しみを、自分の楽しみとして受け止めてくれた」

「それに対して、自分はどうであったか」

自分は、ただ、ちっぽけな島で、覇権への欲望に突き走っただけの一生に過ぎなかったか。

海は凪いでいる。対岸の陸地の山並みが、釣り人の釣り竿より低く見えた。町家や農家の屋根の連なりや、炊煙が立ち昇っているのが見える。

敵兵は、豊後の各都市に、思いのままに侵入して跳梁していた。

生涯をかけて経営してきた領国の蹂躙を、海を隔てて見ている。民家にも、思いのままに火を放っている。その町並みの火と煙を、老王は、海を隔てて、小島の城館から手をこまねいて眺めるより、他に方法がなかった。


老王は、喘ぎあえぎ、呪文ごときを繰り返し、呟きながら、浜辺を、ひとり彷徨っている。

(わが神、わが主よ、業火に苦しむ豊後の民を救い出したまえ)

(たとえ、わが国土が敵の兵で満ちようと、私は恐れぬ。わが神、わが主よ、あなたが、共にいます限り)

更に、老女に呼びかける。

(りん、目など見えなくてよい。そなたが、傍にいてくれれば、私は、それで充分なのだ。も

うすぐ帰る)

腹部に激痛が走った。ついに来たか、終わりが、近づいてきたと予感した。

(抗争と、戦いにあけくれた生涯は、もうこれくらいでよいということなのか、いや)

終わりが確実に歩み寄ってきたのか。死は、わが神、わが主の、最後の最大の恵みに思えた。

安らかに受け入れるべきか、いや。

老女が遠く小さく高く、聖女のように輝いて見えるような気がした。

老王は、腹部を抑えて、のめり込むように砂中に伏した。

(りん、もうすぐ帰る、心配するな。残しては逝かぬ)

老王は、懸命に力を振りしぼり、やおら起き立った。

「わしは、これくらいではくたばらぬ。奴らを蹴散らしてくれる。りん、お前のためにも」

奥方の貞節

一

朝、奥方のお髪《ぐし》を梳いて差し上げる。侍女の清原マリアは、うなじの整った美しさにつくづく感心するのだった。

今は離縁となっている殿の細川忠興様が、今なお狂おしく惚れ込んでいるらしいのも無理はない。

忠興様の朋輩の若い武将らが、「妙なる美女にして貞節」とか何とか囃したて騒ぎまくる。「聡明にして貞節」と、絶賛のあげく、いつも加えて貞節の言葉が、独り歩きする。

「忠興は、果報者よ」

と、羨む。

しかし、美女や聡明は当たっているが、貞節という言葉は当たっていないのに、とマリアは密かに思うのだ。奥方の心の動きは、果たして貞節と言えるのだろうか。

奥方と忠興様は共に十五歳で結ばれた。すでに三人のお子をなされたが、まだ二十歳そこそこ、色白くみずみずしい麗しさである。

忠興様は、マリアの前でも奥方のうなじに口付けされていた。人目も憚らず、猛々しく奥方に抱きつかれる。狂おしく奥方を愛されるのだった。

しかし皮肉なことに、忠興様の情熱を置き去りに、奥方の態度は、冷やかに煩わしそうに見えるだけなのだ。

忠興様は、嘆き、独りごちされる。

「この女の頭の片隅には、鬼のごとき何者かが棲みついておるわい」

忠興様と奥方は、安土の上様織田信長様、直々の肝いりで結ばれた。あれから数年、三人目のお子を身ごもっているとき、やむなき事情により離縁を申し渡されて、宮津の城から追われるように、山里のこの館に隠れ住むことになった。

二

ここは、奥方と侍女マリアら併せて七、八人だけの、女だけの不思議の館である。

いにしえに鬼が手下を従えて棲みついていた、と伝えられる丹後のこの山里に隠れて、はや二巡の春が逝き、三度目の夏を迎えた。

人里から遠い。

「変な化け物たちが棲みついてきた」とでも思うのか、普段は敬遠して誰も寄り付かない。それでも里の人たちは、毎朝、新鮮な野菜を届けてくれる。宮津の城からも、船に積んで魚介類や日用品などが旬日ごとに届けられる。


あたりは、先年、滅ぼされた一色氏の旧領である。

攻め滅ぼしたのは、奥方の実父、明智十兵衛光秀殿と、舅の細川藤孝殿の連合軍である。残党が恨みを懐に抱いて野に潜んでいる筈だ。

丘陵や山岳が幾重にも重なり、人目から遮蔽されている。風通しも良いとはいえない。檜やぶなの樹林が、そこここに存在するが、赤茶けた地肌が透けてみえる。

村落から一里ほど山に向かい、更に山坂を半里ほど、ぐりぐり（どんどん）登った辺り、二百坪足らずの小さな台地があって、ぶなの大樹が一本、四方を睨むように立っている。

その大樹に寄り添うように、茅葺の簡素な女の館が俄かに建った。

奥方の髪は、豊かに波うち艶やかだ。奥方は、一回り年上のマリアを侍女というより、実の姉のように慕っている。

マリアが、

「ゆうべ、よくお眠りになられたように見えました。寝息が安らかでしたよ」

よく眠れたということは、即ち、奥方の、あの打ち砕かれた心が修復に向かったということに違いない。

奥方とマリアの二人だけの部屋は二十畳ほどの広さで蚊帳は一張、布団は二揃え並べている。奥方は、すでにお子は三人だが、いずれもお城に取り上げられてしまっている。

賄いは、別の部屋で女どもが調理して、朝夕二回、食膳が届けられる。囲炉裏《いろり》が設けてあって、鉄瓶が吊り下げられている。冬は、雪深く火は絶やせない。他に土間が仕切られてある。

他の女たちも集まり、皆で賑々しく食事を楽しむことも多い。


夏の朝は薄曇りが常で、陽が上がるに従い、がんがん日照りとなって、目もくらむ蒸し暑さ、蟬が耳を聾するばかり。

最近、ようやく奥方の顔色は、明るさを増してきたように思える。あの頃の落ち込みようは尋常でなかった。顔色は幽鬼のように蒼白く、目は虚ろ、言葉をかけても、ろくに返事もないことが多かった。

今朝は、特に晴々として見える。あの暗闇の心の隧道から、やっと抜け出せたということか。

夕べは、蚊が一匹、二匹、舞い込んで執拗に唸っていて、マリアは蚊を追うのに忙しかった。

しかし奥方は、

「おかげで気にならなかった。夜明けまで、ぐっすり一度も目覚めずに」

あの砕かれていた奥方の心は、確かに蘇ったのだ。

日中は、部屋の中にも、羽虫の類がぶんぶんと舞い、夜は、守宮《やもり》、蛾、時に小蛇が庭先に訪れる。


「今日のご予定は」と、お髪を梳きながら、いつものように問いかける。

朝、三、四人連れだって周辺を一刻ほど散策するのは日課だ。山坂を下っていくと、十数戸の集落が見えるが、遠く望見できる辺りまで下ることはあっても、集落の中まで入っていくことは決してない。村人と親しく交わるのも憚られる身の上だ。村人らも、それは心得ている。

散策の途中は、小鳥のさえずり、虫の音、草花が楽しめる。小川の堤に溢れる流れに、かがみ込み両手で掬う。

奥方は、

「今日は」

言いかけて、いたずらそうにちらと微笑んだ。

「今日こそ、今日こそ、この山の峯まで登ってみたい。空はまもなく晴れるでしょうから」

「峯に」

思わず問い返す。

「遠くを見たい。どのような眺めが開けているのでしょう、知らない世界を、この目で見たい。風の音を聞きたいし、その向こうに開ける空を、海を見たい、知りたいのです。いつも仰ぎ見るだけで、峯を知りません。更にその向こうに何があるのでしょう」

奥方は微笑んでいる。好奇心も旺盛である。何やら別に、人に言いたくない秘密の魂胆もありそうな風情である。何を企んでいるのだろうか。


山陵までは、さして遠くない、山の高さは百二十丈（約三百六十メートル）足らず、道らしい道はないが、樵《きこり》の通る小道が、ほそぼそと、どこまでも連なっていると聞いている。

女の足でゆっくり登って、一刻半ほどで到達できるだろうか。それなりに立派な滝が、こちら側と、山向こうの二ヶ所にあって、その一つは道すがら景観を楽しめると聞く。

岩清水の溜りもあって、澄明な水中を小魚が群れをなしているらしい。

「深い碧に包まれて、小ぶりだが美しい滝らしいから楽しみです。そこで、しばらく休みましょう」

「では、おむすびなど用意させます」

何はともあれ、滝を楽しみ、岩清水を掬い、山の峯からの眺望を楽しみたい、更にその向こうを知りたい、という気持ちになったのは、奥方が、心を取り戻されたのだ。生来のお元気が戻ったのに違いない。

奥方の実父、十兵衛光秀殿は、文武に秀で、世評の高い人物だった。三年ばかり前のこと、まさかの天下をひっくり返す大変事を惹き起こした。あらぬことか安土の上様を弑《しい》し奉ったのだ。世間からは恩知らず、謀反者、大悪逆者と糾弾され、あげく、わが身はもとより、一族一党、家臣も巻き添えに滅んだ。

奥方自身の罪ではないのに、その咎めを受けて、奥方は世間から冷やかな目に晒された。のみならず嫁ぎ先の舅殿や殿様までが、とばっちりで、お家の立場が微妙に疑われる羽目となった。

舅殿は、奥方に、厳しく、

「かくなった上は、離縁と致さねばなりませぬが、ご承知くださるか」

「是非もないことです。離縁のこと、当然としてお受けいたします」

奥方は毅然と応じた。とはいえ、実家は、すでに滅亡して帰る里はない。舅殿は、目をしばたいて、

「ここから十数里離れた人目につかぬ山奥だが、急いで館を準備する。当面そこに隠れていてください。不自由と思うが」

「何事も仰せに従います」

「心利く侍どもを何人かつけて警護させよう」

舅殿は、ちらと奥方の体を見やった。

「御身は、身ごもっておられると聞くが」

三人目の子である。

「この身にお預かりしているお子ゆえ、大事に産み、大切に育てます」

舅殿は、首を横に振った。

「いやいや、それはなりませぬぞ。そのお子は、お城に引き取り、われらの手で育てよう。まずは、丈夫にお産みくださることです」

奥方は、深く頭を下げて頷いた。舅殿は、

「いずれ、お迎えできる日もあろう」

と、慰めを申されて、この山里に送られてきた。

舅殿が離縁話の間、夫の忠興様は、背後に隠れるように控えていて、一言もなく縮こまっていた。いずれ、お迎えできる、の舅殿の言葉を背に、殿と家臣一同の見送りを受けて、奥方一行は宮津の城から船出した。

船は、丹後半島を、ぐるりと半周して北端の漁港に入った。鬼の棲家の伝説の、折り重なる丘陵をぐりぐり（どんどん）と杖ついて、道を遮る小枝や、萱草、草の弦の類を手鎌で薙ぎ払い、妊婦の奥方を労わりながら、この急拵えの館に辿り着いた。

離縁といっても、実は、世間の厳しい目を晦《くら》まして、離別の体裁をとっているだけで、殿様と奥方の心は一つ、愛し合っていると、家中の誰もが承知している。

しかし、本当に愛し合っているのかどうかは、大いに疑問だと、侍女のマリアの想いは、藪の中、霧の中に包まれている。

(殿に比べて奥方の心は奥が深い。何を考えているのか、世間知らずの殿には計れぬ)

奥方は率直な性格で、マリアに、何かと相談する。殿様との褥《しとね》の内輪話すら話す。が、マリアは未婚だから、褥の内の心の機微は、想像はできても理解できる由もない。

奥方は、殿様との微妙な、心のやり取りを回想する。

「殿様は、私の体を奪うが、心が奪えぬと苛立ち、果ては怒り出す。でも私には答えようがない。何を苛立っているのかさえ分からぬ」

殿は、

「そなたの心は、いつも遠くを飛んでいるようだ。何を考えているのか。誰か好きな男がいるのだろう」

なぜか、なぜかと問い詰められても、いらざる詮索で答えようがないと嘆く。好きな男がいるのかと、嫉妬のあげく疑心暗鬼の罠に落ちているようだと。

殿は、奥方の柔い耳たぶを、生え際の美しいうなじを、滑らかな白い背を、恥ずかしくふくよかな内股に手を置き、顔を近づけて貪り愛される。

奥方の白く透き通る肉体の隅々まで、ふくらはぎ、時には足裏まで愛される。幾度も飽くことなく。しかし、愛するほどに、渇きが増すのだった。奥方の心が遠ざかるように思える。

殿は、独り苦しむ。

奥方の心が、何故か頑なに、冷やかに、蔑むように自分を見つめているように覚える。わが僻目《ひがめ》なのか、どうか。

肉体は自由に奪えるが、心を奪えぬもどかしさ。

「何故か、何故だ」

熱すれば熱するほどに、奥方の心は逆に冷やかに遠ざかっていくように思える。殿は苛立ち、心の渇きは一層高まる。奥方は、その苛立つ殿を冷やかに眺める。奥方は自身のそのようなつれない心を知っていて、どうすることもできない。

心の渇きに耐えかね、殿は、妄想にたぶらかされる。苦しさにあえぎ、あらぬ疑いに悩む。

「男がいるのであろう。申せ、誰ぞ、その男は」

有りもしないことを執拗に問い詰める。妄想に振り回されて勝手に苦しんでいるようだと。

奥方は、蔑むように、

「あのお方は、嫉妬深く野にして粗にして卑です」

ぽつんと、呟かれた。

「このまま、本当に離縁にしてくだされば、むしろ幸い。この里が好きです」

マリアは、殿様が嫉妬深いのは、奥方を愛すればこそ、と思うのだが、奥方には全く通じていないようだ。

三

奥方は回顧する。

「殿様は貪るように体を奪いながら、いつも私を責める。好きな男でもいるのかと、そなたの心は、いつも宙空を彷徨っているように思えるのは、そのせいだろうと」

奥方はつくづく嘆く。

「心は、私から離れて、遠くを彷徨ってしまって戻ってこない時もありますよ」

褥では、始めは優しいが、しだいに諍《いさか》いになっていく。空々しく思える奥方の態度に苛立ち、殿は荒れる。

「又、何か良からぬ事を考えておるだろう。心が、空っぽのようじゃ。何を企んでいるのか」

奥方の頭の片隅には、鬼のごとき何者かが棲みついているのか。と、殿様は執拗に邪推し嫉妬するという。殿様は、狂おしく、何度も、うなじに口付けし、耳たぶを噛み、背をまさぐる。愛すればこそに違いない。しかし、奥方の心は遠ざかる。

「殿様は、戦は有能にして勇猛だが粗暴で、細やかな女心の内など分からない人です」

マリアは、

「そのようなこと、申されてはなりません、女どもに聞こえては困ります」

(殿様は、何しろまだ世間知らず、幼いところが残っているので無理もないのだ)

と、思っている。それにつけても、奥方は気の毒だ。

(あの日から、奥方は重荷を背負った。世間から石が投げられ、笞《むち》が打たれた。その忍耐の末に、奥方の心は逆に強められた。深みを増して、湖の面のように、さまざまに彩られるのだ。反対に、殿様の心は、気の毒に、ひとり砂漠を彷徨っている)

四

この女だけの館の側面は、小さい谷で隔てられている。

谷越えの向こう百間ばかり隔てて、男ばかりの館が建てられて、女の館を遠くから見守っている。叫べば声は届く。野盗の類の襲来や、異変を察したら直ちに駆けつけるべく、侍が六、七人ほど、弓矢、槍、鉄砲を備えている。

しかし、谷越えの下り登りで、女の館の危急を知っても、おいそれとは間に合いそうにない。それでも、不便でも二つの館を隔てて峻別したのは、それなりの理由があってのことだ。殿の嫉妬心の異常さを怖れてのことで、殿様の嫉妬の怖さは家中の誰もが知っている。

山麓の里人は、女の館を女城《めじろ》、侍たちの館を男城《おじろ》と呼んだ。

夜明けを待ち兼ねたように、男の館から小鬢の白い品の良い侍と、骨格逞しい中年の侍が二人連れ立って訪れる。

「お早うございます。ところで、昨夜は、異常はございませんでしたか。よくお眠りなされましたか、さて、今日の御用を承りましょう」

奥方のご機嫌伺いと、御用向きを伺う。

日中は、別に若侍が二人、交代で女の館の一隅で常時守衛していて、これも怪しい者が辺りをうろついて来ないか、弓矢、槍、鉄砲を備えて目を光らせている。日没になると、

「今日はこれにて失礼仕ります、お休みなさいませ」

侍たちは、丁寧に挨拶して、谷間に下り登って、彼らの館に帰る。

夜、侍が泊らないので女ばかりとなる。泊らないのは家臣と言え、信用できない殿の嫉妬の性癖を怖れてのことだ。

あたりは森閑としていて、樹林のきしみや、ざわめき、風の唸り、物の怪《け》か、不明の獣の素

走りや遠吠え、夜目に獣の目が不気味に光る。どさどさと不明の物音がする。

男の館では、夜中は交代で寝ずの番が二人、更に何回か、提灯を持って女の館の周辺を巡回する。

平和な里だが、何しろ、奥方の父や舅殿が攻め取った新領地で、万一の備えは欠かせない。

昼は小鳥のさえずりが、常に聞こえる。

女の館の入口の、ぶなの大樹の根元に、春先、雪の残るなか、色々な鳥がやってきて遊んだ。

年に一度だけ、桜の頃、女城の侍女と、男城の侍達が合流して、円座となり、萌え草を莚にして、ささやかな宴が開かれた。秘めやかな合唱とともに。

その春も再び逝った。


この山里に来た年の瀬を越え、奥方は、早々に、男の子を産み落とした。

尺余の積雪に、萱葺きの屋根は、音きしみ押し潰されそうだった。雪は、春半ばまで根雪となり、軒下やそここに固まっていて、近くの竹やぶで、どさどさと、雪が音立てて崩れ落ちていた。

月を経ず宮津の城から、積雪を踏み分けて迎えがきて、その嬰児は乳母に抱かれて、山を去った。嬰児は、体が弱く病勝ちと伝えられた。

あの日、奥方の心は、粉々に打ち砕かれた。

あの日とは、奥方の実家一族の滅亡の日のことである、天正十年（一五八二）夏のことだ。奥方の育った琵琶湖の城は、陸側からと、湖側の両面から敵の大軍の猛攻を受け、華々しく一戦交えた後、一族と母、弟二人、姉、妹など大家族は、火を放ち、ことごとく自害した。ほかに末の妹は、他所で自害した。生き残ったのは奥方一人である。

（なぜ、一人だけ、この世に残されたのか。なぜ自分一人だけ）

と奥方は、その意味を自身に問いかける。いっそ、自分もその場に居て、共に滅べば良かったのに。

ただ一人だけ生かされたのだ。その不思議の意味に、目に見えぬ、姿、形無き、大いなる力の存在を感じる。

毎日、山中の小さな古びた観音堂に参詣した。雨の日も風の日も雪の日も観音堂に参詣するのは、滅亡した方々の菩提を弔うためのこととマリアは知っている。

帰途、時折、崖下に伝いおり、渓流のほとりで、流れの揺れ動くさま、水底を彩る小石を見ながら、清冽な水を手で掬った。小魚が遊んでいる。

五

「今日は山の峯に登りたい」

と奥方が言った。


丹後の山は深く、森は露に濡れている。蟬がうるさく、澄み切った空に真夏の日輪がじりじりと焼け、白く眩めいている。

百姓女に変装して、菅笠をかぶり、灰色の布で顔を包んだ。目だたない泥色や紺の短衣、帯一本の軽装で、虫を遮るために膝まで隠れる布のわらじを履いた。

山の峯を目指して、太い枯れ枝を杖にして、女達は、小道を蔽う小枝や草の弦を手鎌で薙ぎ払い、ぐりぐりと登った。半刻ばかり行く。異常にむし暑い。額は汗に濡れ、背中もぐっしょり濡れた。

男の館の小鬟の白い侍に、

「今日は、侍女たちと四、五人で、山に登りたいので、留守にします」

と伝えてある。小鬟の白い侍は、

「ならば若い侍を三人、供をさせます」

と強く言い張ったが、奥方は、何故かきっぱりと断った。

「いや、供は無用です。それほど高い山ではないから心配無用です。未の刻（午後三時）には帰るつもり」

「と、申されても」

「いやいや、久しぶりに女だけで楽しみたいので、侍たちの供は、むしろ迷惑なのです」

「しかし、もし何かあれば、われらにお咎めがありますから」

押し問答があったが、何故か奥方はかたくなに、

「一切ご無用に願います。大丈夫ですから、今日は、ついて来ないように」

と、念を押した。

滝が、樹林に遮られながら、見え隠れしてきた。十丈（三十メートル）くらいの崖上から、飛沫は白く煙り、屈折して水流が落ちている。

滝壺から渓流に連なり、岩清水が湧出する溜りと合流している。

周囲は、屹立した玄武岩が柱状や屏風状となって取り囲んでいて、外側から一帯を遮蔽していて緑陰も深い。奥方は、岩清水の溜りをしばらく眺めていたが、

「水浴びができる」

と、言いだした。マリアは、冗談と受け流していたが、本気だった。まさかと思う間もなく、奥方は、岩陰で菅笠を取り、布の草鞋を脱ぎ、帯を解き、衣をすらすらと外した。

驚いたマリアの制止も聞かず肌着のみになった。奥方は湖畔の城の育ちで水練は得意である。

侍の供を断ったのは、それなりの理由があり、これが始めからの目的だったのか。

大樹の木陰に身を寄せ、奥方は辺りや背後をちょっと気にして振り返った。里人たちも、滅多にここへは来ないという。侍たちが付いてきていないことも確かめた。

澄明な溜りで、底の砂や小石が美しく浮かび上がって見える。

マリアに、

「心が吸い寄せられる。あなたも手足を浸してみたら」

マリアは手を振って「とても、とても」と断る。

奥方は、女とは思えぬ放胆な一面のある性格だ。澄明な水流に足を浸した。水底のさまざまな色彩の小石が美しく変化している。小魚の群れが、驚いて水中を遠く散った。

「あ、これは」

溜りの水は、思ったより冷たい。思わず足を引っ込める。

少し思案の体だったが、息を整え、一気に深みに潜る。白の肌着が水を吸って纏わりついて煩わしい。

「えい、面倒なり」

誰も見ていないのを幸い、その肌着さえ、外した。

マリアは、驚くが、止める気にならない。

（奥方は、ようやくお元気になられたのだ。誰も知る者もない。今は思う存分になさればよい）

侍には、供は無用、決して付いて来るなと命じた筈である。とはいうものの、万一のことがあってはわが落ち度となる。秘かに三人、後をつけてきていた。

何しろ、この近辺には、先年、滅ぼされた一色氏の残党が潜んでいるかも知れぬ。更に、古来、酒呑《しゅてん》童子、金剛童子など鬼が多くの手下どもを従えて蟠踞《ばんきょ》していたという伝説の地である。今は、一応は平穏無事に見えるが、曰くつきの、おどろおどろした山岳、丘陵地帯である。

秘かに、後をつけて来た侍たちは、森の妖精のごとき奥方の水遊びのさまを覗き見て、仰天した。

「この山には、妖怪が棲むと聞くぞ」

「われら今、誑《たぶら》かされているのか」

更に、水にぬれた肌着に透けて、見てはならぬものを見てしまった。ついには、美女の誉れ高い奥方の、肌着さえつけぬ姿を見てしまった。

もし、嫉妬深き殿が、この事実を、後に知ったならば、わが首が飛ぶと怖れた。

かつて御殿で、植木職人が、庭先の枝の上から奥方を覗き見たというだけの理由で、殿は、そっ首を、即座に無礼討ちに打ち落とされた。そのことを思い起こすのである。その時、奥方は、顔色も変えず冷然としていたという。奥方は、女には惜しい肝太いお方である。

「この女の頭の片隅には、やはり鬼が棲んでおるわ」

殿は、呟いて、以来、一層、奥方を秘かに怖れた。

この騒動は、家中の誰もが知ってのことだ。侍たちは、見てはならぬものを見てしまったと、思わず首をすくめ目をふさいだ。


奥方は白魚のように身をくねらせ、少しの間、水流に身を委ねた。

湖城に育ったが、北国生まれ、白き輝くばかりのお肌である。

緑の滲む水流のゆらめきに任せた。

ほとりで見守っているのは、マリアと、ほか二人の侍女のみである。

尤も、誰かが覗こうと、水浴びなさろうと思えばなされる。頓着されない。あまり周辺のことを気にせぬ大胆奔放な方ゆえ、このときとばかり、生まれたままの姿にて、声あげ、ひとり水遊びに興じた。日頃の鬱屈を散じられたのだ。

「なに、肌着すら脱ぎ水遊びなされたとな、まことか」

留守侍どもは秘かに聞き、息を呑んだ。さりとて、夢にも覗き見たと他言はならず、いたずらに虚しき想像のみ巡らせ、ただただ顔見合わせ嘆息のみであった。もし宮津の城の殿に聞こえたなら、どのような咎めが降りかかるか、知れたものではない。

嫉妬深いのは、殿の性癖とばかりとは言えない。奥方の側にも原因と咎がある。深い仔細あってのことと、マリアは思えてならない。

（奥方の心の奥深くの彩《いろど》りは、はかり知れない。単純な殿とは比較にならぬ）

さて、奥方の頭の片隅に棲みついている鬼のごとき何者かの正体を、マリアは、知っている。

奥方が、よく話題とされる人、思い出の人、乙女の頃、湖の城でお出迎えしたという若き騎馬武者こそ、その人ではあるまいか、これまで幾度となく語っている、その人こそ。

マリアは、その人こそ、奥方の頭の片隅に鬼のごとく棲みついている何者かの正体に違いないと信じる。

マリアは、ありし日を回顧する。

（マリアの父は国学者、かつて大和の地で、イルマンの琵琶法師と三日三晩、宗論の末、切支丹に変身した。その時、立ち合っていた大和や河内の小領主の多くが、切支丹の敵対者から、切支丹の味方に変身した。その一人、大和榛原城の城主、高山氏の御曹司、彦五郎様（右近）こそ、その人だと、私たちのお仲間の一人だと、そして今は、皮肉なことに、殿の茶の湯のお仲間、最も敬愛する兄弟子だと）

奥方は、マリアと山稜を歩んだ。

雲が速い。檜の大樹が、どこまでも連なって見え、大枝が、海からの風にあふられて、大きく揺さぶられていた。

山陵と山稜に狭間があって、その狭間から、霞がかって光の破片が広がった。風は、その海面から山陵を吹き渡ってくる。

丹後の海面が、彼方に輝き、帆船が折り紙のごとく白く行き交っていた。

奥方は、しきりに物思いに耽っている。

（あの時、私の心は粉々に砕けて海に落ちた）

六

山の峯に立った。

「この風の音、檜の大樹林の揺らめき、ここが大好きです。この地で生涯を過ごせるなら幸せと思える。あなたなら、私のこの気持ち分かってくれるはず」

マリアは答えられない。

「この天空に、限りない大きな心と力が満ちみちているのを感じます。それは滅んだ父の心、母の心、姉や、妹、弟、従兄弟、滅び去った多くの個々の心を一つに呑み込んで混沌にいるような」

奥方は、

「この透徹した天空から呼びかけてくる声が聞こえる。吸い寄せられそうな、不思議な気持ちになる。その混沌に自分も溶け込みたいような、一つになりたいような気持ちです。遠い海、この風、この風景のせいなのか」

奥方は、幾度も嘆息した。


奥方は、過ぎし昔、乙女の頃の追憶に耽る。あの日、湖の城に、若き騎馬武者が数人の供と訪れた。その若き騎馬武者の名を聞いて、マリアは言う。

「よく存じていますよ。私の父の親しかった方、私が大和の地にいる時、同じ頃に父と共に切支丹になられたお仲間のひとりですから」

奥方は、まなじりを上げて、マリアをちらと睨んだ。俄かに対抗なされた。うなじを、さっと紅潮なされる。

マリアは、それが面白い。

（それ、また、また、美しいうなじを染められた）

（奥方の頭の片隅に棲みついているという、鬼のごときの正体は、その若武者に違いない）

「湖の城に、一度おいでなされた」

と、思い出話を繰り返した。

「粗野な殿とは、反対の人」

奥方は、宮津の城の生活を想い起こしていて、言ってはならぬことを言い放った。

「舅殿が、いずれお迎えできる日が来ようと申されたが、私は、このまま、何時までもこの里に居たい」

マリアは、たしなめる。

「そのようなこと、決して申されてはなりませぬ。想われてもなりませぬ」

きっとした眼差しで、奥方は問う。

「あなたの切支丹宗門は、離婚は許さないと聞くが、まことか」

「主が合わせられた仲を人が引き裂くことはできませぬ。特別のことがない限り」

「特別のこと、その特別のこととは」

「夫の不貞、妻の不貞」

奥方は、当惑して深く考え込んだ。

「私の心は、殿から離れてしまっています。心の底に潜む不貞と、現れた不貞のどちらが、罪なのか」

「それは、それは」。マリアは答えられない。暫く考えて「心の不貞こそが大罪かと」。

奥方はいたずらそうに微笑んだ。

「ならば私は、その大罪人です。心で不貞を働いていますから。あるお方に秘かに想いを寄せていますから。離婚は許されるのでしょう。そうですね」

七

乙女の頃

琵琶湖の湖面は、朝夕さまざまに表情を変えた。パードレ達は、湖は広大で、長さ十レグワ（ほぼ十里）、幅五レグワで、都に近いと報告した。

東側は豊穣の野が広がる。西側は深い比良山系で、冬、白雪で化粧した。

少女の父、十兵衛光秀は、湖に面して堅固な城を築いた。城塞は、湖の西南に位置し、湖面を広大に取り込み、大小の兵船が、もやっていた。城内には湖水が豊かに囲い込まれていて、城から直接、船で自在に出入りできた。湖の周辺に異変があれば、直ちに数千の軍勢を送れた。都への道筋の要衝にあったから、都にも迅速に兵を送れた。

父は、妻一人をこよなく愛し、他の武将のように、側室を置くことなど決してなかった。妻は多産であり、奥方は、その三女として生を受けた。少女は、多数の家族に恵まれて幸せの星のもとに生まれたと思えた。

少女が十二歳くらいの頃、湖の城を訪れた若き騎馬武者こそ、その人である。年は二十歳そこそこに見えた。

出迎えの少女を、しばし、にこやかに見つめていたが、

「珠様と申されるか、それがしは高山彦五郎右近と申す者です」

と、涼やかに名乗った。

少女の父は、その武者が気に入っているらしく、抱きかかえるように出迎えた。若武者は、その時、摂津の城主で、すでに畿内に武名が聞こえていた。

涼やかな武者の突然の訪れ、衝撃的な出会い、細面で清々しく透き通る声、その時の、胸のときめきが、少女の生き方に、終生、影を落とした。

帰るとき見送りに出た少女は、その後ろ姿が、遠ざかるにしたがって、小さくなるどころか、ますます大きく、天空に向かって広がっていくように思えて、わが目を疑った。

少女にありがちな夢といえばそれまで、しかし、その夢は、歳月を経るに従って、心に大きく膨らんでいく。

父への想い

奥方は、三年前の、実家一族の滅亡の日についてマリアに語る。

「私は女なれど、見苦しき死に方は致さぬつもり」

父、十兵衛光秀殿のことを、反面の教えとして強く意識しているに違いない。

「まことに、淋しいご最期じゃ」

よほど無念なのか。

「目先の名利ばかり追われて、あくせくなされて、挙句に」

ふと、思い出し涙を滲ませ、手の内の布切れを小刻みに震わせた。

八

二通の書簡

その日の夕べ、奥方の最も愛した元侍女のルイザから、マリア宛に、秘かに書簡が届いた。

ルイザは、何故か、宮津の城から逃亡して、都の一隅に身を寄せているという。

清原マリア様へ
私が、お城から脱け出たのは、殿様が私を手籠めなされようと力を振るわれ、何度も迫られたからでございます。私はその都度避けましたが、何時かは逃れられぬと思い、思いきって、都の近くに身を隠しました。
奥方に伝えて良いかどうか、殿様は、今、側室を五人、置かれております……。このようなことを告げた事が判れば、私は危険となりましょうけれども……。

ルイザ

ルイザの書簡によれば、この二年余の間に、殿は側室を置き、更に次々増やしていた。奥方の姪にあたる方は懐妊して正室のように処遇されているという。湖の城から連れてきた奥方の侍女も懐妊していた。他にも三人を側室として都合五人。更にルイザにまで触手を伸ばそうとしていた。手当たり次第だったという。

奥方を離別の間に、誰かれの見境なく女を求めていた。多く力ずくで、わがものとした。雄に変身したのか。

マリアは書簡を奥方には見せず、焼き捨て灰を裏の竹藪の土中にそっと埋めた。

同じ日の夜、宮津の殿、忠興様から奥方あての書簡を携え急ぎの使者がやってきた。

珠様へ
喜んでください。関白殿下が、そなたを覚えていて不憫に思われ、早々に復縁するようにと、直々に仰せ出された。ついては築城中の大坂城下に、そなたを迎えるために広い敷地を与えると約束された。更に、そなたが登城の節には、これまでの辛苦をねぎらい小袖を賜るとのことである。待ちわびて久しい。近く佳き日を選び、迎えの者達を遣わそう。そのおつもりでいてください。

忠興

奥方はマリアに、その書簡を披《ひら》いて見せた。暗い顔で言ってはならぬことを、そっと洩らした。

「喜んでおらぬ。復縁は望んでおらぬ。わが子には会いたいが、宮津のお城になど帰りとうはない。この里が大好きです。この里に今のままが幸いなのに」

その通りだろうと察している。

「復縁は、辞退できるなら辞退したい」

わが子らには会いたいが、奥方の心は、微妙に揺れにゆれている。

「では辞退して、都の片隅に逃亡しましょうか、どこまでもお供致しますから」

奥方の心を、ちょっとくすぐった。しかし、

（宮津のお城にお戻りなさいませ。それがよろしいのです。これからの長い人生には、人には予期できぬ、喜びや苦難や試練が、まだまだありますゆえ、それをこれから味わわねばなりませぬ。亡くなった大勢の御身内の方々の分まで、生きねばなりませぬ。何故か、たった一人だけこの世に生かされたのですから。その意味を問わねばなりませぬ。逃げてはなりませぬ、立ち向かわねばなりませぬ）

これはマリアの切なる想いである。言葉ではない。

「宮津から、間もなくお迎えが来るのですから、準備を急ぎましょう。三人のお子様や、殿様がお待ちです」

マリアは、たしなめるように奥方を明るく強く促した。

帰ってきたパードレ

一

元和八年（一六二二）ルソン島のマニラ郊外にて。

熱帯樹の大きな枝葉が天空を覆っている。高々とした樹間から雨滴が大きく乱れ落ちてきた。白い半袖の僧服のソテロは、小さな廃屋のような家の軒下に急いで雨を避けた。ニッパ椰子の葉で深く葺かれている。

日本に帰国の念、やみがたい。帰国するな、といわれれば、一層、その想いが募る。帰国すれば、お命が危うい、といわれれば、さらに帰国への炎は燃えさかる。

（何が何でも潜入を強行しよう。許しがなくとも）

と、強い意志がある。しかし、その先が見えてこない。

（長崎へ、人気《ひとけ》のない海岸線に、深夜、秘かに上陸する。咎めを受けずに、どのような経路と手段で、江戸を経由して陸奥に辿りつけるか）

至難のわざ、霧の中だ。解けない謎解きのようだった。

異人と見れば、即、地役人に知らせが走るだろう。

さしあたり日本のボンズ（坊主）に変身する。網代笠を深く被り、顔を隠して杖と数珠を手に、薄墨の衣で身を包む。それでも異国人と、すぐ見破られそうだ。

ソテロの所属するフランシスコ会の潜伏信徒の、蓮の根のような地下組織を、伝い歩かねばならない、と思案している。きわどい綱渡りである。

何故、このような愚かな行為を、という迷いもある。

潜入への強い意志は変わらないが、その意志のよってくる背景は、自身でもよく説明がつかないのだ。


自分は、ほかのパードレとは立場が違う。イエズス会の連中などは、「世界の隅々に赴き、キリストの一兵士となって、命を捨てて戦う」という大義がある。

しかし、自分が、日本に潜入する目的は、これらの大義とは異質のものだ。

人に説明ができないし、説明をしても分かってもらえまい、自身の内側から突き上げる、抑えがたい衝動としかいいようがない。しかも、その衝動の原因すら、言葉で説明がつかないのだ。

「危険を冒しても日本に帰らねばならない。しかし何故だ」と、自問する。

「何故でも」としか答えられない。


思いと迷いの中で、この日、日本人集落をさすらっていた。小さな羽虫が目の前を踊り踊っている。蝿が飛び交い、澱んだ側溝から悪臭が忍び寄ってくる。

「ソテロさんだね、その軒下では濡れるから、お入りよ、誰もいないから、おいらだけだから」

廃屋のような家の窓から顔を突き出したのは、十一、二歳くらいの日本人の少年で、人懐っこい童顔である。ソテロは、声のする窓を見やった。少年を見て、

「おお、馬場ルイス、君の住まいはここだったか、雨はすぐ上がるだろうから、軒下を借りて、しばらく休ませてもらうよ」

馬場ルイスと呼ばれた少年は、窓から続ける。

「日本に、きっと渡るのだね、ソテロさん」

竹笛の寂しげな旋律が、どこからか響いてくる。

「そうだよ」

ソテロも、にっこりした。まずまずの日本語である。十何年か以前、日本に初上陸のとき、この集落で日本語を学んだ。彼は、つるりとした小顔の優しげな美男子だ。

「きっとだよね」

「きっとだとも」

二

奥州の王マサムネの命を受け、大御所イエヤスの承認のもとに、盛大な見送りを受けて、ソテロは、ハゼクラと南蛮から奥南蛮へと、使節として赴き、七年余の歳月を費やした。そして今、帰国の途中、このルソン島に立ち寄っている。

さて、いよいよ、日本に帰還しようとする間際に、マサムネから帰国してはならぬ、の書簡が届いた。

「ハゼクラは帰国させますが、貴僧は、ルソン島に留まってください。今、パードレの入国は国禁となっていて、帰国すれば、お命が危ない。捕われたならば、余の力では、今は救えぬ」

と、脅迫じみた内容である。

「これは、トクガワの老中の意向である」

と、書き添えてある。マサムネは、なんと、トクガワの老中に、お伺いを立てたという。あのマサムネともあろう者が、トクガワの鼻息を窺うとは、何たる卑屈か。トクガワ政権の転覆をもくろんでいた、偉大なマサムネは、どこに消えたのか。今や、トクガワに屈服してしまっている。マサムネの何たる変節か。

「何たる欺瞞か、何たる非礼か。帰国すると命が危ないとは、意味が分からぬ。正使はソテロ殿だとマサムネは言った。正使の俺の帰朝の報告は、もう不要という意味なのだな。何の為の使節だったのか、副使のハゼクラは、肝心の内密の会談の微妙なことは、何も知っていないし、何も分かっていないのだ。マサムネは、何を考えているのか」

と、ソテロは怒った。

「何たる愚弄か」

ソテロは、両の拳を振り上げ、顔を真っ赤にして喚いた。

「船出のとき、マサムネは家臣ともども、盛大に送り出してくれた。その帰還には、お役目ご苦労様と、ねぎらいの言葉で家臣ともども、盛大に迎え入れるのが礼儀であろう」

と、憤慨する。

日本の政治情勢が変化して、マサムネは変節した。

憤慨していても始まらない。なんとしても帰国して、エスパンヤのフィリップス三世の言葉を伝えねばならない。これは自分の役目だ。併せて、マサムネと向き合って、彼の変節の真意を問い質さねばならない。

船出のとき、ソテロは、表と裏の使命、綱渡りのような表裏の使い分けを託された。表の使命は、ノビスパニア（メキシコ）との交易の許可を得ること等などだが、裏の使命は、トクガワ政権転覆の軍事的陰謀のことだ。

その、エスパンヤ国王との極秘の会談の内容について、報告せねばならない。マサムネが怖れているのは、その自らの、かつての陰謀が、今になって、トクガワに暴露されるのを怖れているのに違いない。

三

窓越しで馬場少年は続ける。

「笹田マルコ兄さんも一緒に、日本に渡るのだね」

「そうだ、一緒に、だ」

笹田は二十九歳の修道士だ。今、エスパンヤ総督府の一隅で、ソテロと起居を共にしている。ソテロが、昔、江戸の草深い地、浅草の礼拝堂で牧者となっていたとき、市中を浮浪している一人の少年笹田を引き取った。以来、笹田は、ソテロのよき助手として行動を共にしている。笹田の父は、丹波出身のキリシタンで、江戸で殉教したといった。


ソテロは、セビリアの有力な政治家一族の出身だ。それかあらぬか、パードレに似合わず政治力があり、政治的な動きをした。よく言えば正義感、悪く言えば圭角のある性格で、とかく人との揉め事が多い。策謀が好きで、虚言癖があると嫌う者もいた。

最初に来日のとき、偶々、前ルソン総督ロドリゲスが日本近海で遭難した。その救助に関わる謝礼使の通詞として、ソテロは江戸政権に起用された。

それを機に大御所イエヤスと将軍ヒデタダと謁見、知遇を得た。ついで陸奥のマサムネとは特に親密な関係が生じた。

四

ソテロは、今、ルソン総督とよく衝突を繰り返している。のみならず、ドミニコ会士とも衝突していた、イエズス会士からは、常に敵視されていて、何かと妨害されていた。

総督は、揉め事の多いソテロに辟易した。

「ノビスパニア（メキシコ）に追放処分とする」

と喚いた。だが、追放のソテロを乗せた船は折からの嵐に遭遇して、皮肉なことにマニラ港に吹き戻されてしまった。総督は、ソテロを追い出せないでいる。ソテロは、吹き戻されたのは、主の御心と信じる。

要塞都市マニラは、イントラムロスと称する、石の城壁に囲まれた区域に、本国人を優先して保護し、主要な建物を収容している。

域内は、清潔で整った街路と、背高い熱帯樹林と草花で美しく彩られている。

総督府の庭園は、花壇や、手入れの良い芝生に、見る者の目を休める。

隣接の白亜の大聖堂は、十字架が天空を指して輝いて見える。赤煉瓦造りの商館などの建物が並んでいて、壁面のいたるところ、ブーゲンビリアの枝葉の、鮮烈な紅色が、華やかに踊っている。

港の海面は日暮れ、強烈な西日を受けて、緑に黒に黄金色に変化した。石の防壁の狭間、狭間から、黒ずんだ大口径の砲身が覗いていて、海の彼方を睨んでいた。銃剣をきらめかせた守備兵たちが散見できた。

かつて強大だったエスパンヤ海軍は、今、落日を迎えている。周辺の海域で、新興のオランデスの海軍と、激しい海戦を繰り広げているが、しばしば痛い目に遭わされていた。

五

日本人の集落は、イントラムロスの遠く域外にある。井戸から汲み上げる飲み水の質も悪い。小さい羽虫が踊って目に舞い込む。

窓から馬場少年は、続ける。

「ルソンを発つのは、いつ頃になるのかい」

「それは……」言いよどんだ。「すぐと言いたいのだが、何しろお許しがないのだ」

「それでも、渡るのだろ」

「そうだ。それでもだ。お許しがないなら、潜入ということになる」

「日本の国の大使が、日本に帰れなくて潜入だなんて、変な話だね。見つかればどうなる。逮捕だよね、その先どうなるのだ」

「最悪のときは、陸奥のマサムネ様と、何とか連絡を取るつもりだ。彼は変節のようだが、見捨てるはずはない」

「変節ってなんだい」

「志を曲げたのだ」

「裏切りだね」

「でも、最後には味方になって力を尽くしてくれる筈だ」

「そうだよね、ソテロさんは日本のために働いた大事な人だ。歓迎されず、帰ると命も危ないなんて、変な話だね」

「全く、変な話さ」

「潜入でも危険でもおいらは、ついて行くよ、とにかく日本に渡るとき、おいらも一緒だよ、連れて行ってくれるよね、絶対だよ、前々からの約束だからね。おいら、日本に帰りたいのだ」

馬場少年は、粘り強く言い張って、垢に汚れた顔で、又、にっこりした。日焼けしていて髪を無造作に後ろに束ねている。

竹笛が、どこかで民謡らしきものを奏でていたが、ぱたりと止まった。

「絶対だよ、一緒に連れて行って欲しい」

少年は、何度も粘り強く訴える、

「約束拳万《げんまん》だよ」

窓越しに子指を差し出した。ソテロは応じて子指を絡ませた。

「指切り拳万、嘘ついたら針千本飲～ます、指切った」

「指切った」

二人は指を絡ませ、堅い約束を交した。

「船の都合はついたのかい」

「中国の船頭さんと話がついている。小さいジャンクだから、海流で揺られるだろうけど。夜に紛れて、長崎あたりの海岸に上陸しようと思っている」


少年一家は、越前から、切支丹の迫害を避けてこの地に移住してきた。その後、両親を熱病で相次いで失った。今は一人で暮らしている。

「でも、なぜ、馬場君は渡りたいのだ。日本は今、怖い国になっている。泥沼のようだよ。それなりの覚悟がいるよ」

笹田青年は少年を連れて帰ることに反対した。判断力の乏しい年少者を、危険の淵にさらしたくない、と言った。

「私たちが、日本に無事に着いて、しばらく情勢を見極めてのち、君を呼び寄せよう。それまで、ルソンに居るように」と説得しようとした。しかし、少年は、

「いやだ。今、兄さんと一緒にいく」

といって、聞かない。


「ではソテロさんや、笹田兄さんは、なぜ渡るのだ。俺は笹田兄さんが好きだし、憧れている。尊敬しているよ。だから」

「私たちは、渡らねばならない」

ソテロは厳しい顔をした。

「だから、なぜ」

ソテロは返事に窮した。

「なぜでもだ」

「だから、だから。なぜ」

竹笛の寂しげな旋律が再び響いてきた。ソテロは、話題を変えた。

「馬場君、君はどこに帰りたいのだ。故郷の越前かい」

ソテロが反問する。

「いいや、おいらは、笹田兄さんに、どこまでもついて行く。笹田兄さんは、ソテロさんと一緒だろ、ソテロさんはどこに行くの。陸奥の国だよね」

「そうだ」

「なら、陸奥について行く」

馬場少年は、屈託なく、にっこりした。

「いつも三人で行動だよ。離れたらだめだ」

「分かっている」

「陸奥に行く途中、江戸の浅草に立ち寄りたい。信徒の皆さんと、再会の約束があるのだ」

浅草の信徒のタエさん、どうしているだろうか、淡い記憶がある。妖精のようなタエさん。忘れがたい。

六

十年前、ソテロは江戸の町外れ、浅草という地に小さな礼拝堂を建てた。小丸太に板張り簾がけ、小屋のような建物だが、瓦屋根の上に、角材を十字に組み合わせて立てた。

そこは、難治とされる皮膚病の施療所の敷地だった。

茫々とした広い荒れた敷地に、男女二棟の病棟が侘しく横たわっていた。

外部とは、半端な板囲いと木柵で仕切られていたが、どこからでも、誰でも簡単に出入りできた。

さしたる治療も行われていないように思えた。日中は、粗雑な建物の中の、ござの臥所《ふしど》で、なす事もなく病者が蠢いている。死の谷、死の草むらに見えた。

病棟と、礼拝堂は少し離れていて、これも、一応は、木柵や板囲いで仕切られていたが、半端で壊れていて、何処からでも誰でも出入りは自由だった。


週に二回、朝と午後にミサが行われた。

集うのは十人そこそこ、多くは施療所の病者だ。日を追って遠く江戸市中から集う者が増えた。ときに二十数人ほど集うようになった。同時に、役人らしき者が、周りを、胡乱げに徘徊するようになった。


午後のミサに、顔を目立たない布で包んだ十六、七歳ぐらいの小柄な娘が集うようになった。ここの施療所の住人か、それとも、塀の外の住人か定かでない。

タエさんと言った。

タエさんは、妖精のような人だ。今、板塀の向こうに見えて、いつの間にか、風のように、するりと板塀を通り抜けて、こちら側に、現れている。

風のように軽やかで、物静かで物怖じしない。胸に病があるといった。そういえば、時々咳き込み、蒼ざめた顔色だった。人と、親しく交わることもない。

顔の布を外すと、整った美しい顔をしていて、誰でも、驚いて振り返る。目に、輝くような強い張りがあった。

塀の内の住人か、外の人か分からなかったが、そんなことは、どうでもよい事だ。と、ソテロは思っている。

「よく来てくださいました」

タエさんは、

「突然、チカッと強く光る一点が私の目に入った。不思議に思って、よくよく目を凝らすと、屋根の上の十字架の一点が、西日を受けて、反射していた。それで呼び寄せられて来ました」

と言った。

妖精のように、いつ何処から来るのか、礼拝堂の前列の小さい椅子に、ちょこんと座っている。

そして、いつ去ったのか、分からない。軽やかだった。

それで、ソテロは、妖精さんと心で呼んでいた。

タエさんは、不思議な存在だ。

空間を変幻自在に浮遊して移動できるのだろうか、と思うぐらいだった。


ある夕暮れ、ソテロに告げた。

「先生、私を抱いてください」

不意のことで、ソテロは驚く。

「意味が分かりません」

「私の体は、間もなく滅びます」

「なぜ」

「なぜでも滅ぶの、私には分かっています。だから、その前に抱いてください」

「無理です。それはできませぬ」

ソテロは、その時二十九歳の若者である、血が騒いだ。タエさんは微笑んでいる。

「では、おっしゃってください。私は美しいですか」

「勿論、美しい」

「しっかり、私の肉体を見て欲しいの、記憶しておいて欲しいの」

「それも無理です」

「でも、見てください、しっかり見て、美しいと言って欲しいの」

「それも無理です」

「私の肉体は、間もなく滅ぶのに」

「だから、なぜ」

「滅ぶから滅びます」

「考え過ぎでしょう」

「いいえ」続ける。

「私の願いは、今、若いうちに、好きな人に抱かれたいだけ、でも、誰も抱いてくれません。そのような方は、何時まで待っても、誰も連れてきてくれません。そのうちに、私の体は滅びます。だから」

「だから」

「私の肉体は、どんどん衰えて滅びます。私の胸の病は、不治といわれました。このまま老いて衰えて、衰えて、時間が経つだけ。それが怖い。だから、抱いて欲しいの、今の私を記憶の中に生かして欲しいの、誰かの記憶の中で生き続けたいの」

夕暮れにまみれて、タエさんは、薄い単衣の着物の襟を大胆に押し開いた。痩せて、みすぼらしい白い胸。

「私のこの胸を、乳房を見ておいて、しっかり覚えておいてくださいね」

「無理です」

「見て」

胸を開いたまま、強引に押し付けるように訴える。ソテロは、再び胸を見る。今度は、透き通るように、妖しく美しく輝いて見えた。

「触ってください」

ソテロの血が滾《たぎ》りにたぎった。

「無理です」

「さあ、触って、お願い」

さらに強く、どこまでも言い張る、ソテロは、躊躇《ためら》いながら、そっと指先で触れた。しかし、現実は、触れる手前で、指先は凍えて止まっていた。

「冷たいですか」

「いいえ、暖かい」

「確かめてください、この胸が段々冷たくなるのが、自分で分かります。だから、今のうちに記憶して覚えておいてください、まだ暖かいうちに、まだ美しいうちに、まだ豊かなうちに、言葉ではっきりと聞いておきたいの。暖かい、美しい、豊かだと言ってください」

ソテロは、

「美しい、眩いばかり、輝くように、太陽のように暖かく、海のように豊かです」

と答えた。しかしすべて嘘だった。

その肉体は、氷のように冷たく、痩せて貧弱で、悲しげだった。

十年後の今も、そのときの夕暮れの光景を、鮮やかに記憶している。

ソテロは、今になって想う。もし、タエさんが、板塀の内側の療養所の病棟の人だったら、自分は、タエさんを、きっと抱いていた。

タエさん、あなたの願いのように、確かに、記憶しているから。記憶は誰も奪えない。私が天に召された後も、きっと天に受け継がれる。

今、どうしているのだろうか。再会できるだろうか。

いつも午後のミサのとき、ふと、振り向くと、タエさんは、粗末な小さい白木の椅子に、ちょこんと座って、微笑んでいた。ミサが終わって、ふと振り向くと、そこは椅子だけだった。妖精のようだった。

礼拝堂では、跪いて、マリア像を見上げて両手を組んでいる。小丸太と板囲いの堂には、数条の光と同じだけの影が差し込んでいる。

タエさんの祈りの言葉は、聞こえて知っている。

「生きた証《あかし》を下さい。肉体の若いうちに、美しいうちに、豊かなうちに、私を抱いてください。

抱いてくれる人を連れてきてください」

タエさんは、若い、血の滾る、美しい、若い豊かな肉体を記憶して欲しいと願った。もちろん記憶しているとも、タエさんの記憶は誰も奪えない。私が、このまま天に召されても、その記憶は天が受け継ぐ。

七

ある日、礼拝堂の外が騒がしい人声に包まれて、数十人の役人に包囲された。

朝のミサが始まった直後のことだった。

「何を乱暴するか、ここは神聖な場所ですぞ」

信徒らは口々に叫ぶ。役人たちは、

「何が神聖なものか、御禁制の邪宗門徒の巣窟ではないか。取り壊す、お前たちは、外に出ておれ」

外に出た信徒たちは、棍棒と梯子と縄で取り押さえられた。

粗末な礼拝堂は、瞬く間に叩き壊された。十字架は、へし折られて、地面に捨てられた。

結局、ソテロと、数人の信徒が捕縛され連れ去られた。

同時に市中在住のキリシタン約三千八百人のうち、主だった者が、一網打尽に捕縛されていた。

タエさんは、いつも午後のミサに来る。そのせいかどうか、捕縛を免れた。その時から姿を消して、行方知れずとなったという。

捕縛されて、小伝馬町の牢獄に放り込まれたのは、ソテロと、その信徒のほか、江戸市中の主だったキリシタン、老若男女、併せて二十九人である。

ある朝、牢獄の外の板の廊下に足音が近づき、獄吏が牢内を覗き込んだ。

「ソテロという南蛮坊主は、いるか」

「ソテロは私です」

「その方か、改めて名を名乗れ」

「フライ・ルイス・ソテロ」

「生国と年を申せ」

「生まれは、エスパンヤのセビリア、二十九歳」

「これまで、何をしていたか」

「浅草の礼拝堂のパードレです」

「間違いないようだな、牢の外に出よ」

扉が開かれ、番屋に連れられて、意外なことを告げられた。

「その方一人、解き放つ。上からのお指図である」

「意味が分かりませぬが」

「不服か」

「ほかの皆様は」

「ソテロ、お前一人と言っておるのが、聞こえぬか」

「私は、常に皆様と共にありたいと願っています。皆様はどうなるのですか」

「何度も言わせるな、解き放ちは、お前一人だ」

「皆様と共でなければ、出られませぬ」

「つべこべいうな。伊達様の桜田上屋敷から、ご家老が直々に、引取りに来ておられるのだ。感謝しろ」


ソテロは、来日間もなく、江戸城で、大御所イエヤスと将軍ヒデタダと謁見していた。さらに、伺候していた陸奥のマサムネの知遇を得て以来、陸奥の国で、数年、布教活動を行い、大いに成果を挙げた。マサムネの奥方と、その娘いろは姫、さらに主だった家臣のかなりの者が受洗した。ほかにも多数の信徒を得た。

マサムネは、今度、江戸キリシタン二十九人の捕縛に、ソテロが含まれていることを知り、将軍ヒデタダに、

「ソテロなるパードレは、近く南蛮に派遣させたいと思っております者、何卒、お解き放ちを」

と、願い出たのだった。

二十九人は、ソテロ一人のみ放たれて、残る二十八人は間もなく江戸の北、千住の小塚原刑場に送られ、火刑を告げられた。

その日、曇天で風は少ない。火刑の刑場の草原は、横に六十間、縦に二十間、風除けの板で囲われた。風は板囲いで遮られる。風で炎が、あふられるのを防ぐ。

水桶と柄杓が備えられていて、火勢が強くなると、柄杓で水が注がれて緩められる、とろ火で、半日、ゆっくり苦しめる。

多くは、それまでに煙の毒で早々に召された。

ソテロのみ解き放ちとなり、残る二十八人は火刑となった。そのときの心の負は、今も心に深く刻み込まれている。

(お許しください。裏切り者と思われるでしょうが、今しばし時間をお貸しください。皆さんの天国への旅の途中に、必ず追いつきます)

この日、火刑の場は、一般の立ち入りは禁じられたが、矢来と板囲いの外側に、信徒や縁者らしき者が、数十人固まっていた。

タエさんを見かけた、という者がいた。タエさんだったか、どうか定かでない。彼女は、どこからか自在に現れ、風のようにいずこかへ消える。妖精と思えた。

八

慶長十八年（一六一三）、ソテロとハゼクラは、陸奥の月の浦港を乗員百八十人、船頭は、トクガワの船奉行ムカイ・ショウゲンで、盛大な見送りを受けて船出した。

その二年後、ソテロと、マサムネは、光と影のように、地球の裏表で勝手気ままに踊り狂っていた。

ソテロはマドリードの宮廷で、マサムネは大坂の市街戦で、同じ時間、別々に踊っていた。


（マドリードにて）

大使ハゼクラとソテロは、宮廷でフィリップス三世に謁見し、並み居る諸侯の前で、王の栄光を称え、かつ、東洋からの、はるばるの渡航の趣旨を述べた。

ついで、日本国奥州王のマサムネからの次の親書を奉呈した。

親書（申し合わせ条々）
……略
インギリス、オランデスは敵国なれば尊崇致すまじく候、エスパンヤの国王に、日本奥州の屋形、伊達政宗、一味申し上げる者にて候。
委細は、パードレ、フライ・ルイス・ソテロ、口上に申し上げ候。

日本国奥州王　松平伊達政宗

エスパンヤの大帝王様

「この親書に余は、如何に答えるべきか」

ソテロは、

「親書に書かれてあるごとく、口上にて申し上げる委細があります、お人払いを」

三世は、諸侯に向かい、

「諸君は、はるばる東洋から来られた偉大にして、勇敢なる騎士ハゼクラ殿に敬意を表し、ゆるりと、この広間で歓談されよ」

ソテロに目配せし、二人だけ別室に入った。

別室で、フィリップス三世は問う。

「かの国を軍事支配することは、可能か」

ソテロは即答する。

「不可なり、かの国は、これまでわれらが経験した、いかなる諸国とも異なります。国民は、勤勉で、皆が書の読み書きができ、兵勢は鋭く、強固な忠誠心に満ち溢れ、加えて長年の戦乱で、彼らは戦いに熟達しています。もし、陸軍同士が戦えば、失礼ながら、かの国が勝利しましょう。ただ、海軍力は弱い。わがガレオン船に対抗できる大型艦船も、大口径の砲も有しません。わが海軍の敵ではありません」

「されば、何をなすべきか」

ソテロは、秘策を伝えた。

「かの国は、ひとつの国に見えて、今、実体は三つに分かれています。西の大坂にトヨトミ王が、東の江戸にトクガワ王が、東北の陸奥にダテ・マサムネ王が、それぞれ割拠して支配しています。マサムネと同盟することこそ、上策と考えます」

「理由は」

「トクガワは、王の宿敵の、インギリス、オランデスと親交を結ぼうとしております。マサムネは、彼らを敵とし、王とのみ親交を望んでおります。敵の敵と結ぶことこそ、王の上策かと考えます」

「それで」

「かの国は、トヨトミの大坂の市街に、各地の流浪の戦士や、キリシタンが、続々集結しつつあります。遠からず三大勢力の国内最終決戦を始めるでしょう。

大坂で市街戦のとき、王のインド洋艦隊が大坂湾に姿を現せば、マサムネと、娘婿のタダテルは、直ちに呼応してトヨトミと連合し、トクガワに襲いかかる手筈であること、しかとお伝えするように、マサムネは、堅く申しました。

王のインド洋艦隊が現れて、トクガワ本陣を粉砕すれば、トヨトミとマサムネの連合軍が勝利しましょう」

「されば」

「かの国は、トヨトミが関白という顕職につき、マサムネの娘婿タダテルが将軍職に、マサムネが執権として、実権を握るでしょう。王は、交易を独占でき、大いなる利益が期待できます」

三世は、興味深く耳を傾けているかに思えた。しかし、三世には、別の全く反対の情報が、すでに耳に入っていて当惑していた。

ソテロの宿敵とも言える妨害者、イエズス会である。

イエズス会は、ソテロの行く先々に、常に先回りして、ソテロの踊りを妨害していた。

イエズス会は、三世の耳に、あらかじめ囁いていた。

「フランシスコ会のソテロは虚言多き策士なるがゆえに、彼の言葉を信じてはなりませぬぞ」

さらに、

「陸奥の王のマサムネなる者は、東北という辺地の一首長に過ぎず国の大勢に影響を持ちません、ご用心なされよ」

フィリップス三世は、いずれを信じてよいか困惑した、判断に苦しみ、いずれが正しいか、日本に使節を派遣して確かめて、返書とすべき親書をソテロに届けると即答を避けた。

しかし、その使節の往還には、季節風待ちの気長い旅程で、三、四年の時間を要するだろう。

大坂にて

ソテロがフィリップス三世と別室で密談している同じ時間、マサムネは、トクガワ軍の一翼として、大坂城のトヨトミ・ヒデヨリを包囲していた。

マサムネの娘婿のマツダイラ・タダテルは、大坂城のヒデヨリと内通の噂がしきりで、居城の越後高田で留守居役を命じられ、閑《ひま》をもてあましていた。いずれ罪を咎められて、改易か、死罪とされるだろうと。

大坂湾にインド洋艦隊は姿を現さず、茶臼山のイエヤスの本陣は健在で、劣勢のトヨトミは一旦の和睦を申し入れていた。

第一次の大坂市街戦は収束しつつあった。いずれ、第二次の開戦が予想された。

九

潜入

マニラ港から小型ジャンクでの出航は、季節風と海流の大きなうねりに揺られたが、まずまずの船出と思えた。

中国人の船頭と、水夫たちが十人ほど、ソテロと笹田青年、馬場少年の併せて十数人の航海である。

水夫たちは、短い股引き、短衣を帯で括っていた。油を塗ったような黒光りの半裸をむき出して刺青を見せている者もいた。頭は、布を巻いていた。

上陸のとき、ソテロは日本のボンズ（仏僧）に変身する。黒い僧衣を着て、網代笠を深々と被り、手に杖と数珠を持つ準備を整えた。

笹田青年、馬場少年は、難破船の漁師に変身する。法被のような短衣と帯一本、股引き姿で、頭に手拭いをしっかり巻く。

マニラ港を出て、数日で台湾南部らしき島が見え、台湾を離れると、これも数日で琉球の島々の影が見え始めた。

この頃から、中国人の船頭は、怖気づいたのか、長崎へ向かうのは危険すぎる、国禁を侵しての潜入の巻き添えは御免だといいだした。薩摩海岸沖で、ジャンクは帆を降ろして動かなくなった。

「ここで下船してくれ、これ以上は無理だ。巻き添えで船を拿捕されたくない」

「約束が違う、長崎へ着けよ」

長崎に潜入できれば、フランシスコ会の地下組織が存在する。信徒から信徒へ密かに繋いで匿ってくれるだろう。

長崎で、しばらくは、信徒の隠れ家で潜伏していよう。時期と様子を窺って、長崎からは江戸に向かう便船に潜り込む。

しかし、ここ薩摩では、どうにもならない。船頭は、

「長崎は役人の警戒が厳しく、危険だ。潜入のとばっちりはごめんだ。役人に見つかれば面倒なことになる。船を押さえられては元も子もない」

と言い張る。

「では長崎を通り越えて西浦か、松浦に着けよ」

「いや、あのあたりは海が荒く、加えて海賊が出没する。島影から突然襲ってくるのだ。やつらに襲われたら終わりだ。獰猛な無法者で、何をされるか」

言い争いを繰り返した。銀の釣り上げかと思われた。

「銀なら、倍払おう」

「三倍なら、船員の者たちと相談して考えてみよう」

そのうち、三倍でも、いやだといい始めた。やはり、怖気づいたのか。相変わらず、薩摩で下船しろと言い張る。

押し問答の末、結局、薩摩海岸の沖に停泊して、艀に三人を無理やり降ろし、報酬の銀の残りを受け取るや、ジャンクは、すぐ海の彼方に消えた。


潜入の計画は、始めから齟齬《そご》の連続だった。主は、何を望んでいるのだろうか。

日本の仏僧と難破船の漁師を装ったが、薩摩の村民に通用する筈もない。よそ者と、すぐに見破られた。この藩の村組織は、迅速に働いた。村民から村長へ、村役人から藩の重役に、さらに江戸の藩の上屋敷に知らせが走った。藩の江戸屋敷から、江戸政権へ、さらに長崎奉行所に使いが走った。

「フランシスコ会のパードレが、国禁を侵して潜入した」

この知らせとともに、三人は、薩摩藩から長崎奉行所に引き渡された。

十

長崎、大村の鈴田の牢の狭い牢獄には、すでに先着のパードレが二人いた。イエズス会士とドミニコ会士だ。

縦横五尺、奥行き一間半の牢に五人詰め込まれ、横たわる長さもない。

ソテロは、陸奥のマサムネに、無駄と知りつつ救いを求める書簡を認《したた》めて役人に託した。役人は受け取ったが、書簡が届いたのかどうか、それすら定かでない。

トクガワ政権を倒し、自らが天下人となる、気宇の壮大なマサムネは、もう存在しないのだ。

おろかな自分は、おろかにも、又、マサムネを頼んでしまっている。

（主よ。私は何を背いたのですか）

そして二年、江戸のトクガワ政権は、長崎奉行に五人の火刑を命じた。

ソテロは、書簡類や手荷物、フィリップス三世と、バチカンの教皇からの手土産、メダイユ（メダル）などを、旧知のパードレに書簡を添え、書類を籠に纏めて、マサムネに転送くださるよう書き添えて託した。

ほかに籠には、一連のロザリオ（数珠）、十粒のコンタツ（数珠の珠）、教王の肖像のついた棕《しゅ》櫚《ろ》の葉の模様のある大きな金のメダイユ二個、金銀で縁取った小さな絵画二枚などが収めてあった。

これだけは、変節でもマサムネに届けたい。だが、届くのかどうか、これも確認するすべもない。

十一

放虎原《ほうこばる》刑場

寛永元年（一六二四）盛夏。

ソテロに続いてドミニコ会士、イエズス会士、笹田青年、馬場少年の五人は、首と組み合わせた腕を縄で縛られ、牢を出た。

入り江に二隻の舟が待っており、五人はそれぞれ分乗して、大村湾を望む放虎原の罪人処刑場に送られた。


この日、夏空は晴れ渡り、風は少ない。

竹矢来が組まれ、炎が風にあふられるのを防ぐため、二十間と四十間四方が板で囲われた。

白木蓮の大樹が一本、葉を落として寂しげに立っている。一帯は湾に臨み、蒼茫たる夏の草原だ。

一般の立ち入りは禁じられていた。漁船が二艘ただよっていた。乗っているのは、信徒達だろうか。火刑の様子を不安げに見守るようだった。

柱の周辺の夏草は、きれいに刈り取られていた。十歩の距離で、火刑の角材が五本立てられていた。

すでに二人が連れて来られて縛り付けられていた。一人はドミニコ会士、もう一人はイエズス会士だ。ソテロは、三番目に立たされた。

海風が磯の匂いを運んでくる。風が煙を散らせて長引くかも知れない。とろ火で、半日も、それ以上も、夕方までかかるのはごめんだ。

炎の勢いが強いと、刑吏は、柄杓で水をかける、すぐには死なしてくれない。とろ火でゆっくり苦しめる。

主が、ゴルゴタの丘に立ったとき、掌を太い釘で貫き、横木に打ち据えられた。しかし、自分の腕は荒縄で括られていて、炎で燃えとけるかも知れない。

主は、辰の刻（朝九時頃）から、未の刻（昼の三時）頃まで、半日も、いやもっと苦しまれたに違いない。

笹田青年が首と両手首を一本の縄で括られて、連れられて来た。ついで馬場少年が連れられて来た。

「転ぶと叫んで逃げてよい、命は助ける」

刑吏が、少年に向かって囁いている。

「腕の輪っぱは緩くしてある」

少年は、この期に及んで動揺を見せないだろうか。青年は少年に目を向けている。ソテロは、隣の青年と少年に、目を当てている。青年は大丈夫だが、少年は少し心配だった。見苦しく泣き叫ばないだろうか。

少年は青年の目に、ずっと目を当てている。青年は優しく首を横に振った。少年は首を縦に振って頷いた。

朝から、昼過ぎまで、いや、夕方までの長い時間に耐えられるだろうか。しかし、あいにく海岸沿いで、風が常に少しそよいでいる。

青年は、少年に目を向けている。少年は、縋るように青年に目を当てている。青年は、今度は、首を縦に振った。少年も、首を縦に振った。

三人は、海に向かって立った。

海が望見できた。

漁船に乗ってくる何人かが、こちらを向いているようだ。遠くて顔まではよく分からない。ソテロはあの船の内に、タエさんがいるように思えた。

タエさん、十数年前に、江戸の浅草の地で消えたタエさん。こんな所まできて見送ってくれている。しかし、本当にタエさんかどうか分からない。

刑吏が少年に囁く。これで二度目だ。

「転ぶと叫んで逃げてよい。命は助ける」

少年は、先ほどから、ずっと隣の青年に目を当てて離さなかった。青年は、首を横に振った。少年はそれを見て、首を縦に振った。

「腕の輪っぱは緩い。腕は抜こうと思えば抜ける」

青年は、首を横に振った。それを見て、少年は、首を縦に振った。それを見て、青年は首を縦に振った。少年は、寂しく微笑した。遠く夏草が、風に靡いている。


薪が足元に、うずたかく積み上げられた。薪のそばに水桶があり、柄杓が添えられている。火勢が強いと水をかけて、とろ火で、時間をかけて苦しめるのだろう。ソテロは隣の、青年に目を向けた。青年は少年に目を当てていた。少年は、青年に目を当てたまま離さなかった。


ソテロは、隣の柱のイエズス会士、さらに隣のドミニコ会士の方に目を向けた。

長い時間がかかるだろう、と考えていた。うんざりする。煙を吸えば、早く終わるだろうか。長くかかるのは、ごめんだ。

夕刻、カラスが鳴く頃までかかるのだろうか。イエズス会士が煙に咽《むせ》っている。

(主が、ゴルゴタの丘で磔刑のときも、長く時間がかかった。朝から日暮れにカラスが鳴く頃まで。ローマの兵士らは、脇腹を浅く刺した。苦しむ時間を長くしたかったのだ)


葉を落として衰弱した白木蓮の大樹の向こうに、二艘の漁船が浮かんでいる。

漁船は、横一列に並んで、小さな波にゆられている。

ソテロは、左の船の艫《とも》の方に、浅草から消えたタエさんの姿が、ちょこんと座って、こちらを見ているのを見た。いや、見えたように思えた。それは幻か。

足元に積まれた薪に火がつけられて、煙が上がり始めた。

「主よ、主よ、私はあなたに何か背きましたか」


ソテロは、忘れ得ぬ人々を、思い浮かべている。

江戸の北にある、千住小塚原の刑場から、ただ一人だけ解き放ちとなった。裏切り者となった、あの忌まわしい心の負が、これで、幾分なりとも取り戻せるだろうか。

足元の薪が、小さな炎を上げげた。

漁船の一人は、きっと浅草のタエさんなのだ。どうして忘れることができようか。妖精のようなタエさん、でも幻影か、多分幻影だろうけど、それはそれでいい。

「タエさん」

ソテロは、遠い漁船に向かって、かすれた声で呼びかける。

「浅草の日々は、俺の生きた証だ。あれが俺の実体。そのほかはみんな影、影が勝手に踊っただけ。マサムネのこと、フィリップス三世のこと、影が勝手気ままに踊り狂っただけ」

ソテロは煙に咽び、声を落とした。

浅草の夕暮れ、あのひととき、あれは影ではない。あれが自分の実体、生きた証だ。タエさんは、若い美しい肉体を記憶しておいて欲しいと願った。抱いて欲しいと願った。

「あなたの記憶は誰も奪えない。天に受け継がれる」

ルイス・ソテロ略歴
天正二年（一五七四）ソテロ、セビリアに生まれる。
慶長五年（一六〇〇）ソテロ、ルソンに渡る。
慶長八年（一六〇三）ソテロ来日して、家康、秀忠に謁見。
慶長一四年（一六〇九）伊達政宗の知遇を得て、東北地方の布教。
慶長十八年（一六一三）ソテロ、浅草で牧会、捕縛されるが、政宗の尽力で釈放。
慶長十八年（一六一三）九月十五日、遣欧使節出港。

三ケ月後、アカプリコ入港。
慶長一九年（一六一四）スペイン、サンルーカル着。フィリップス三世と謁見
元和元年（一六一五）教皇パウロ五世に謁見。
元和二年（一六一六）政宗の娘婿、松平忠輝改易。
元和六年（一六二〇）支倉常長帰国。マニラ、長崎から仙台へ。
元和八年（一六二二）ソテロ、帰国するが捕えられる。
寛永元年（一六二四）ソテロ、長崎大村にて火刑

あとがき

戦国時代の末期、強い弾圧下にもかかわらず、キリスト教徒が百四十万人と推定される時代があった。当時の人口を二千万人と仮定すると、約七パーセントにあたる。現在は長く一パーセント前後で推移しているようである。

その不思議が、『きりしたん物語』を書く動機となった。

年に一作を「文学横浜」という同人雑誌に連載した。その一部を、今回、文藝春秋社から本にしてもらった。

妻・千栄子も長くキリスト教徒である。死ぬことは、天に迎えられることと固く信じていた。だから、死を早くから少しも恐れないと言っていた。

長年連れ添ったその妻を喪った。眠るように静かにこの世を去った。

残された私は狼狽し、何をするにも虚しかった。せめて、この書を贈ろう。

かつて日本人町があったマニラ（Plaza Dilao）に高山右近の像が建っている

ケソン市のノバリチェスにあるイエズス会の修道院（高山右近の墓があるとも言われている）

著者と高山右近像（マニラ）

マニラで取材中の著者

著者略歴

浅丘邦夫（あさおか　くにお）
本名、浅田邦夫。
1929年（昭和4年）、神戸市須磨区生まれ。
神戸市立外事専門学校に学ぶ。
会社監査役などを歴任。
西宮市、高槻市から東京都へ移住。現在、鎌倉市に在住。
母教会は日本キリスト教会西宮中央教会。

帰《かえ》ってきたパードレ　きりしたん物語《ものがたり》

2024年2月15日　初版第1刷発行

著　者　浅丘邦夫《あさおかくにお》

発　行　株式会社文藝春秋企画出版部

発　売　株式会社文藝春秋

〒102-8008　東京都千代田区紀尾井町3-23

電話　03-3288-6935（直通）

装　画　川上澄生「蛮船入津」（群像図　1952年）
所蔵：鹿沼市立 川上澄生美術館

装　丁　アルビレオ

本文デザイン　落合雅之

印刷・製本　株式会社フクイン

ISBN978-4-16-009060-6